Die Axt im Wald

Eine Erzählung aus dem Bregenzerwald

Peter Natter

»… ein Buch muss die *Axt* sein für das gefrorene Meer in uns.«
(Franz Kafka, *Briefe*)

Ich widme dieses Buch in Verehrung und Dankbarkeit Frau Univ.-Prof. Dr. Erika Kanduth. Sie hat mich das Handwerk des Lesens und Sehens gelehrt und eine überreiche Saat an Reflexionen ausgebracht, nicht zuletzt jene *Einstellung Guido Piovenes, dass das Gute nur aus dem Bösen hervorgeht.*

Peter Natter

Älplerleben und Bauernsterben

»Ich bin meinem Selbstverständnis und Anspruch nach die Axt und nicht die Salbe.«
(Robert Menasse, *Permanente Revolution der Begriffe*)

Tief hängt mit schwarzem Gewölk und voll mit grauen Nebelschwaden der Himmel über dem Land. Seit fast einer Woche haben wir schlechtes Wetter. Dauerregen Tag und Nacht. Man schreibt den 12. Juni 2009, ein Freitag. Sollte etwa die Regenzeit angebrochen sein? Aber wir sind ja nicht in irgendeinem Monsunland. Wir sind im Bregenzerwald, da sollte man sich doch wenigstens auf den Himmel verlassen können, oder? Dass es aber auch gar nicht mehr aufhören will zu regnen! Wie kalt es überdies geworden ist, mitten im Juni! *Schafskälte* nennt man's zu Recht! Wer will schon solche Temperaturen um diese Jahreszeit? Kein Mensch! Der Namenstag der *Nassen Sophie*, auf die ja auch niemand wirklich scharf ist, liegt schon ein paar Wochen zurück. Dieser verspätete Auftritt kann ihr kaum etwas anderes eintragen als eine schwere Rufschädigung. Was für Wetterheilige jedoch kein allzu großes Problem darstellen dürfte. Außerdem haust ein frommes Volk in diesem Tal und zwischen diesen Bergen. Man überlässt den Heiligen und anderen angehimmelten Autoritäten bereitwillig, was sie sich holen; untereinander ist man dann dafür ein wenig heikler. Jetzt aber ist es eindeutig genug: Der Regen fällt monoton und gleichmäßig auf die Wiesen, Wälder und Bergzüge, die sich links und rechts der Bregenzerach ausbreiten. Die Flüsse und Bäche schwellen bedenklich an, das Gras klebt nass am aufgeweichten Boden. Unwillig heizen die Menschen die Öfen in ihren holzgetäfelten Stuben und Wohnküchen ein und werden grantiger und grantiger. Noch dazu tauchen aus den schlammigen, braunen Fluten unschöne Erinnerungen auf an das verheerende Hochwasser vor vier Jahren. Damals standen nicht wenige mit ihren kleinen Betrieben am Rande des Ruins, ganz zu schweigen von dem Dreck und den Schäden in den überfluteten Häusern. Zwar floss das Wasser bald wieder ab und dann einiges an öffentlichem Geld nach; zudem konnte dank großzügiger privater Hilfsbereitschaft das Ärgste verhindert werden. Der nachträgliche und nachtragende Streit um Bebauungspläne und Unterstützungen hat später dennoch tiefe und bleibende Gräben in den betroffenen Gemeinden aufgerissen.

Dabei hat das Jahr heuer so schön angefangen. Ein langer schneereicher Winter mit Neuschnee bis in den März hinein. Es war fast schon ein richtiger Winter, so wie früher. Das ließ die Gastronomen, Hoteliers und Tourismusmanager jubilieren und frohlocken. Sie sind unbestritten die tonangebenden Meinungsmacher der Region; außerdem ein verlässliches Stimmungsbarometer, wenn es Krisen anzuzeigen gilt. Nach Ostern folgte dann eine über Wochen andauernde warme und trockene Zeit, sodass rechtzeitig zum Frühlingsbeginn der Schnee auf den Feldern schmolz wie die frische Maiwiesen-Butter in der gusseisernen Pfanne auf dem Herdfeuer. Ende April leuchteten die Wiesen bereits in saftigem Grün und die Bauern machten sich nach dem winterlichen Dornröschenschlaf mit neuen Kräften an die Arbeit. So bald wie lange nicht mehr ist man mit dem Vieh auf die Sommerweiden, die Alpen, gezogen.

Heute ist das schon wieder so gut wie vergessen, zumindest hier heroben auf Pfingstgunten, mehr als 1.000 Meter über dem Meer. Schwerfällig kriechen seit Tagen die regenschweren Wolken über die steilen Hänge und dicke Nebelfetzen hängen in den Wipfeln der zerfledderten Tannen. Krähen segeln rastlos mit zornigem Geschrei durch die Luft. Die Kühe stehen triefend vor Nässe in den zermatschten Feldern, sie waten im knöcheltiefen Morast und glotzen noch verständnisloser als sonst gen Himmel. Mit heiserem Brüllen muhen sie sich weiß der Teufel was aus den dicken Leibern. Menschen sind keine zu sehen. Die Wanderer in ihren rotkarierten Hemden bleiben heute im Tal.

Für den Senn auf Pfingstgunten ist es dennoch beinahe ein Tag wie jeder andere. Nur eben das viele Wasser nervt ihn mehr und mehr, es versaut die Quellen und das Vieh mag bald die trübe Brühe nicht mehr saufen. Aber da ist nichts zu machen. In der für die Bewohner der Region typischen Art verrichtet Lässer sein Tagewerk. Eine Mischung aus unerschütterlicher Ruhe, Fatalismus und im fruchtbaren Boden verankerter Gläubigkeit beherrscht die Menschen seit Jahrhunderten. Fest verharren sie im Althergebrachten, Gewohnten, Übernommenen. An der Oberfläche ergibt das einen feinen, ausgeglichenen Charakter; darunter aber kann es ganz schön brodeln und unruhig werden, was nicht zuletzt die lange Reihe jener belegt, die ihr Glück in der Ferne gesucht und wohl nur allzu selten gefunden haben.

Auch das Feuer unter dem kupfernen Sennkessel scheint gegen die Feuchtigkeit zu rebellieren. Oder hat Lässer wieder ein paar nasse Prügel erwischt? Es ist schon neun Uhr, langsam sollte die Milch auf ihre Temperatur kommen. Um halb zwölf möchte er den Käse in der Presse und die Sennsuppe auf dem Tisch haben. Der Sägewerksbesitzer Fetz aus Hard hat sich wieder einmal angesagt. Er ist ein schrulliger Kerl, ganz versessen auf dieses Molkezeug, Stammgast seit Jahren. Für ein paar Teller Suppe und ein ordentliches Stück vom alten Käse nimmt er den beschwerlichen Weg hierher auf sich, lässt auch immer ein schönes Trinkgeld liegen, da kann man sich schon ein wenig nach ihm richten.

Pfingstgunten ist eine der letzten Alpen, auf die kein Güterweg führt, die also nicht per Geländefahrzeug für Hinz und Kunz erreichbar sind. Die wackelige Materialseilbahn mag der Senn nicht einmal seinen kostbaren Käselaiben oder im Frühsommer den Ferkeln und noch weniger im Herbst den fett und schwer gewordenen Alpsauen gerne zumuten.

Die Arbeitsweise auf Pfingstgunten hat sich im Lauf der Zeiten kaum geändert. Strom gibt es keinen – das hinter der Hütte installierte Dieselaggregat hat Kurt Lässer nach ein paar Wochen schon wieder abtransportieren lassen. Krawall und Gestank braucht er auf seiner Alp sicher nicht! Nicht einmal die so pingeligen wie hirnrissigen Vorschriften der Brüsseler EU-Behörden konnten den Alltag auf Pfingstgunten verändern. Ein paar Quadratmeter weiße Kacheln im so genannten Milchraum, einem winzigen Verschlag neben dem Stall, hat sich Lässer von seinem alten Kumpel Paul verlegen lassen. Das ist bis heute das einzige Zugeständnis an das vereinte Europa. Mit der Forderung nach Ersatz der alten hölzernen Arbeitsgeräte und Gefäße durch Kunststoff- und Edelmetallzeug konnten sich die EU-Bürokraten hier nicht durchsetzen. Nicht von ungefähr haben sich schon andere die Zähne ausgebissen an der Sturheit der Wälder, an ihrem dickschädligen und querköpfigen Selbstbewusstsein, das man heute zeit- und marktgemäßer lieber *Qualitätsbewusstsein* nennt.

Haben nicht die Krumbacher Weiber, furchterregende Furien, deren Frömmigkeit es spielend mit der moslemischer Mujaheddin aufnehmen kann, vor zweihundert Jahren Napoleons bayrische Söldner und den königlichen Abgesandten an ihrer Spitze mit Schimpf und Schande aus dem Land gejagt? Hat nicht im Dreißigjährigen Krieg ein Trupp wildgewordener Eggerinnen in weißen Kutten mit Sensen und Gabeln einer Truppe marodierender Schweden den Garaus gemacht, drunten an der Roten Egg, anno 1647? – Ist die Rote-Egg-Geschichte auch kaum mehr als eine unbewiesene Sage und sind die Vorderwälder Weiber, von den meisten Geschlechtsgenossinnen, von ihren Männern sowieso und von der Obrigkeit schmählich im Stich gelassen, schließlich um Begnadigung winselnd vor dem bayrischen König und seinen subalternen Statthaltern zu Kreuze gekrochen: Man hält sich hier gerne an diese Geschichten. Treu und auch ein wenig narzisstisch hegt und pflegt man den Mythos von der autonomen, selbstbestimmten Wälderrepublik, als handle es sich um ein kleines gallisches Dorf inmitten der bösen römischen Provinzen. Nur (fast) ohne Zaubertrank. Und einen wahren Kern werden die Erzählungen ja wohl haben. Dafür sprechen nicht zuletzt die bodenständigen Typen wie Lässer, oder?!

Kurt Lässer wirft einen Blick aufs Thermometer, die Temperatur passt endlich, er schneidet mit dem schartigen Taschenmesser, ein Erbstück vom Vater, das getrocknete Kälberlab in feine Scheibchen. Die lässt er behutsam in den Kessel gleiten. Nach fünfzehn Alpsommern hat er die richtige Menge genau im Gefühl. Ja, fünfzehn Sommer sind es. Damals, im 1994er Jahr, als sein bis dahin so fraglos funktionierendes Leben völlig aus dem Ruder zu laufen begann, hat er seinen Dienst als Leiter des Käselagers in der Alma, der großen Käsereigenossenschaft, aufgegeben. Kurz zuvor war die Scheidung von seiner Frau über die Bühne – die Schmierenkomödienbühne! – gegangen. Die Ingeborg hatte ihn über Monate hinweg regelrecht zum Haus hinausgeekelt. Da könne sie sich ja gleich einen Bergkäse ins Bett legen, der habe mindestens so viel Sex-Appeal wie er und der Geruch wäre auch nicht viel anders, hat sie gelästert. Dafür könne man wenigstens hineinbeißen, ohne eine Blut- und Alkoholvergiftung zu riskieren! Sex-Appeal!? Lässer brauchte das Wort nicht zu verstehen, um zu wissen, dass er damit nie punkten würde oder auch nur punkten wollte.

Dabei war der Lässer Kurt einmal eine Institution gewesen und von vielen beneidet. Seinen Job hätte so mancher gerne übernommen. Aber nicht nur beneidet wurde er. Unbestritten blieben stets seine fachlichen Qualitäten. Im Sommer war er ständig unterwegs auf den Alpen, kannte Gott und die Welt, sein Wort hatte Gewicht, er bestimmte die Qualitätsstufe und damit den Preis des Alpkäses. Natürlich fehlte es dem Kurt nie an einem kleinen Kniff, wenn es galt, auf den Alpen ein Zubrot zu verdienen: da ein paar Kilo mehr anzuschreiben, dort die Qualität ein wenig auf- oder abzuwerten. Am liebsten aber begleitete er Exportlieferungen nach Italien hinunter oder hinauf an die Nordsee; mit dem LKW nach Mailand, Genua, Hamburg. Das war doch immer ein Spaß gewesen, unter Männern, versteht sich! Es ist lange her. Der Umzug aus dem schönen, in ungezählten Stunden erbauten Heim in den verlassenen Hof seiner längst verstorbenen Eltern war dann nur mehr eine Formsache, aber eigentlich nicht einmal das. Bei Nacht und Nebel packte er seine Siebensachen und räumte das Feld. Soll sie glücklich werden mit dem Hosensch …, den sie sich da angelacht hat im Rheintal draußen, hoffentlich riecht der wenigstens besser! Viel Gutes hat er ja inzwischen nicht gehört von den beiden! Und wenn der Ingeborg blaue Flecken lieber sind als ein bisschen Käsemief, na bitte!

Gedankenverloren schaut Lässer in den Kessel, in dem das Lab seine wohl abgewogene Wirkung tut. Da kann er sich für ein paar Minuten verabschieden und steigt in den Keller hinunter. Auch hier hat sich wenig geändert in den vergangenen Jahrzehnten. Die Falltür im Küchenboden ist noch das Stabilste an der ganzen Geschichte. Die schiefen, abgetretenen Tritte der Holzstiege, die in den niedrigen, dumpfen Keller führt, sind wenig vertrauenerweckend. Aber auch heute schafft es Lässer wieder heil nach unten und steht auf dem plattgetretenen nackten Erdboden. Die Petroleumlampe hängt er an den Deckenhaken, ihr mattes Licht flackert unruhig. Der modrige, leicht stechende Geruch steigt Lässer heftig in die Nase. Er geht den schmalen Gang zwischen den Regalen mit den frischen Käselaiben bis ganz nach hinten. Dort liegt ein guter halber Laib. Davon schneidet Lässer ein ordentliches Stück ab, für seine Käsnudeln am Mittag. Der Käse ist vom vergangenen Jahr, scharf und würzig. So einen bekommst du nirgends zu kaufen, und, wie der Vater immer zu sagen pflegte, *gehen kann er auch schon bald.* Zwei oder drei Laibe bleiben über den Winter immer hier heroben auf Pfingstgunten; Lässer steigt dann regelmäßig herauf und pflegt sie sorgfältig. Die Mäuse vertreibt die Winterkälte oder sie enden in den Mausefallen. Bevor er die Stiege wieder hinaufklettert, angelt sich Lässer aus einer wurmstichigen Kommode eine grüne Zweiliterflasche hervor. Die Geheimreserve.

Er nimmt einen langen Schluck. Der Obstbrand strömt wild brennend die Gurgel hinunter. Was will man sonst tun bei der Kälte, um die Grippeviren in Schach zu halten! Oder gilt es die Einsamkeit abzuwehren?

Droben knallt er den Käse auf den Küchentisch. Dann wirft er einen langen Blick aus dem Fenster in die graue Suppe draußen. Kein Mensch weit und breit. Nur Nebel kriecht aus dem Tal herauf. Das Vieh hat sich auf der Bergseite unter ein paar einzelne Bäume verzogen. An solchen Tagen könnte ihn das Leben hier heroben fast verelenden. Warum kann er nicht unten im Tal bei den andern sein? In einem warmen Büro sitzen und ein regelmäßiges Leben führen? Am Abend ein wenig fernsehen, mit seiner Lilli schmusen – einem echten Milchmädchen übrigens, da geht sogar Lässers simple Rechnung auf – und später im weichen Bett friedlich einschlafen?

Bis vor zwei Jahren blieb er über die Wintermonate als Milchwagenfahrer und Hausmeister zeitweise im Dienst der Alma. Als die Alma schließlich vor zwei Jahren das Handtuch warf und sich von der übermächtigen Privatkäserei Rapp aufkaufen ließ, hat er sich verabschiedet. Das berühmte *Beschte Eck vom Käs* fiel bei der Übernahme zwar nicht für alle gleich fett aus. Auch Kurt Lässer musste zu einem nicht ganz sauberen Deal greifen, um doch noch kräftig mitzunaschen. Dazu hat er den Bechter, diesen komischen Menschen aus dem Vorderwald, so richtig übers Ohr gehauen. Der Bechter ist eine auf den ersten Blick schräge, an sich aber völlig harmlose Gestalt, ein Maurer, Hilfsarbeiter in einer Bregenzer Baufirma. Beim Militärdienst haben sie sich kennengelernt. Eine windige Clique, eine Zufalls-Seilschaft ist es schließlich gewesen, die den Bechter mächtig zahlen hat lassen. Der war, was sich in den klatschsüchtigen und hellhörigen Dörfern des Bregenzerwaldes schnell herumgesprochen hatte, durch eine Erbschaft zu einem kleinen Vermögen gekommen. Wozu braucht einer aber auch dermaßen viel Geld, wenn er so saublöd ist! Zum Versaufen sicher nicht! Lässers Anteil ruht seitdem auf einem wohl gehüteten Raiffeisen-Sparbüchlein zuunterst im Stubenkasten. Daran wird sich weder seine Alte, also die Ex-Alte, noch der Herr Sohn vergreifen, dafür ist per Losungswort gesorgt! *Kaspanaze*, so lautet es, denn der hatte es ihm damals angetan: ist mit Stricksocken, Stallkleidung und einem Stück Bergkäse in den Landtag eingezogen! Das waren noch Zeiten! Wo sind sie geblieben? Lässers Sohn, das Nebenprodukt einer feuchtfröhlichen und etwas freizügig interpretierten Betriebsbesichtigung bei der schönen Annabell auf ihrer Ziegenalpe, sein Sohn bekommt das Sparbuch sicher nicht. Er hat ihn seit zehn Jahren nicht mehr gesehen. Der feine Pinkel, der Herr Uhrmacher in Paris, schämt sich wohl für seinen Vater!

Nur, im Moment und gegen diesen Regen bringen ihm alle Sparbücher der Welt nichts. Denn jetzt heißt es rühren. Tief über den kupfernen Kessel gebeugt rührt Lässer mit der Harfe die dickgelegte Milch. Der Regen trommelt gleichmäßig auf das dünne Blechdach, ein loser Fensterladen klappert im böigen Wind, das Feuer prasselt endlich munter unter dem Kessel, ein wenig wohlige Wärme streicht um Lässers Beine. Aus dem kleinen Transistorradio auf dem hölzernen Bord über dem Tisch mit der mächtigen Eichenplatte plärren alte Schlager. Sentimentalität macht sich breit: »Griechischer Wein«, »Mamma mia«, »Er hat ein knallgelbes Gummiboot«. Das bringt Lässer wieder zurück in die Gegenwart. Das werde ich auch bald brauchen, wenn es noch lange so weiterregnet, denkt er sich. Geistesabwesend stiert er in die weißlich-gelbe feinkörnige Flüssigkeit vor sich, den Bruch. Ein paar Grad fehlen immer noch bis zur richtigen Temperatur. Also ein paar Prügel nachwerfen und weiterrühren. Es fühlt sich an für Lässer, als rühre er sein Leben um und um und um …

Rot wie Blut

Zur gleichen Zeit tritt ein kleines Männlein aus dem dichten Tannenwald unterhalb der Hütte heraus, späht über die letzte Geländekante, wittert nach links und rechts. Da ist niemand. Wer sollte auch? Und wenn schon! Jetzt ist es zu spät. Zurück geht er sicher nicht mehr!

Gestern spätabends ist er in Hittisau als einziger Fahrgast aus dem letzten von Bregenz kommenden Postbus gestiegen. Das ist nicht weiter auffällig. Er wohnt zwar weiter draußen im Tal, fährt aber immer wieder auf dieser Strecke. Viel weiß niemand von dem Kauz. Ein Einzelgänger, abweisend und wortkarg, doch nicht einmal die Kinder fürchten sich vor ihm. Auf seinem mächtigen kantigen Kopf sitzt der scheinbar unverrückbare, einst grüne, jetzt völlig verwitterte Sepplhut. Ein kohlschwarzer, wilder, unbezähmbarer Bartwuchs verschattet das Gesicht, buschige Brauen wuchern über den vermoosten Augen, verfilzte Haarsträhnen stechen in die knochengelbe niedrige Stirn, ein breiter verkniffener Mund und blutleere Lippen erzählen mehr, als sie je mit Worten zu sagen vermöchten. Wie immer hängt die abgewetzte Tasche mit dem verblichenen Namen einer bekannten Baufirma um seine Schultern. Die dünnen Beine stecken in schweren ledernen Bergschuhen. Ein viel zu weiter grauer Lodenumhang verleiht ihm zusätzlich ein gnomenhaftes Aussehen. Schwerfällig und grußlos stolpert er ungeschickt aus dem Bus und verschwindet im Handumdrehen hinter dem Postamt in der stockdunklen Nacht. Auf dem

Weg, den er dann einschlägt, um den Hittisberg herum, in weitem Bogen an Sibratsgfäll vorbei und dann der wild tosenden Subersach entlang, begegnet ihm in dieser Nacht und bei dem Wetter garantiert kein Mensch. Weit nach Mitternacht legt sich das Männlein in das halb verschimmelte alte Heu in einer der primitiven Holzhütten zwischen Fluss und Wald. Aus seiner Tasche holt er ein großes Stück dunkles Brot, zerpflückt es in kleine Bissen und kaut lange darauf herum. Danach nimmt er eine Flasche Bier aus der Tasche, öffnet sie mit den Zähnen, trinkt sie ohne abzusetzen halb leer. Vorsichtig tastend überprüft er den Inhalt der Tasche, nickt zufrieden, legt sie sich als Kissen unter den Kopf und schläft bald ein.

Als die grautrübe Morgendämmerung unmerklich in den Tag übergeht, erhebt sich das Männchen von seinem Lager. Er trinkt die angebrochene Flasche leer, wieder in einem langen Zug, stopft sich ungeduldig das restliche Brot in den Mund, hängt sich die Tasche um. Er tut das nicht, ohne noch einmal mit den Fingerspitzen ihren Inhalt geprüft zu haben. Das geschieht mit einer Behutsamkeit, fast Zärtlichkeit, die seltsam von seinem rohen, verwilderten Äußeren absticht. Dann macht er sich auf den Weg nach Pfingstgunten. Allzu weit ist es nicht mehr. Es regnet und regnet.

Das letzte Stück, kaum hundert Meter über zertrampelte Wiesen, steigt er nun bedächtig Schritt für Schritt setzend auf die kleine, windschiefe und altersschwache, in den steilen Hang hinein gebaute Hütte zu. Aus dem schmalen Kamin quillt dunkler Rauch, den die grauen Nebelschwaden vor sich hertreiben und bald aufgesaugt haben. Die Gestalt mit dem Sepplhut erreicht unbemerkt den seitlich gelegenen Eingang, schlüpft vorsichtig aus den schweren Schuhen, steht mit bloßen, löchrigen Wollsocken auf den rohen Brettern des kleinen Schopfs. Linkerhand ist die Tür in den niedrigen Stall weit offen, ein paar Schweine grunzen im Traum, der schwere Ackergaul stampft in seiner engen Box. Die Tür in die verrußte Küche ist angelehnt, der Senn steht im Halbdunkel mit dem Rücken zu ihr. Aus dem Radio trällern noch immer die alten abgedroschenen Schlager. Von einer Träne, die auf Reisen geht, singt eine schmalzig-ölige, hohe Männerstimme. »So ein Blödsinn!«, murmelt Lässer empört in seinen stoppligen Älplerbart hinein. Und das ist dann auch schon sein letzter Gedanke und der letzte Kommentar, den er in diesem Leben abgibt, bevor ihn mit wahnsinniger Wucht ein grauenhafter Schlag trifft. Mit gespaltenem Schädel scheidet er aus dem Dasein. Nichts als ein satter Plumpser ist zu hören, als er kopfüber in den halbvollen Kessel kippt.

***

So hat sich Albert Fetz sein Sennsuppen-Mittagsmahl sicher nicht vorgestellt. Ein paar Minuten vor seiner Frau erreicht er die Alphütte und tritt forsch grüßend in die Küche ein. Keine Antwort. Verblüfft schaut er sich um. Zuerst sieht er im verrauchten Halbdunkel fast gar nichts. Dann den umgestürzten Tisch und links davon über der gemauerten Feuerstelle den randvollen Kessel. Ist das wirklich eine Hand, die da über den Kesselrand hinausragt? Jetzt nimmt Fetz auch den infernalischen und augenblicklich heftige Übelkeit erzeugenden Gestank wahr, der vom Kessel ausgeht und längst in alle Ritzen der Hütte dringt. Es ist eine Mischung aus feuchtem, versengtem Holz, angebrannter Milch, nassem Leder, saurer Rindssuppe und – verschmortem Fleisch. Er mag seinen Augen nicht trauen: Im Sennkessel schwimmt halb versunken eine menschliche Gestalt. Es ist Lässer, der Senn. Gerade noch rechtzeitig kann der Feinschmecker die nachkommende Gattin aus der Hütte drängen. Er stolpert hinter ihr ins Freie und ringt im nach wie vor strömenden Regen nach frischer Luft. Schwer lässt er sich auf das halbwegs trockene Bänklein an der Hauswand fallen. Das war dann vorgestern, soviel ist ihm augenblicklich klar, definitiv seine letzte Sennsuppe. Käseweiß und fassungslos lehnt er an der silbergrau verwitterten Wand und atmet heftig. Daran ist heute ausnahmsweise nicht der steile Aufstieg schuld.

»Was ist denn los da drin?«, will das Marile wissen. Das Aussehen ihres Gatten verheißt allerdings nichts Gutes. Er winkt einstweilen wortlos ab, ringt weiterhin mühsam nach Luft und wohl auch nach einer Erklärung für das grausliche Bild. Wenig später zieht er sein Telefon aus dem Rucksack und wählt den Polizeinotruf. Der kleine, wildlederüberzogene Flachmann mit dem teuren Cognac, der eigentlich für erfreulichere Anlässe vorgesehen war, muss zur Erstversorgung herhalten.

Inspektor Ibele interveniert

»Isidor! Isidooor! Isidörle!!« Eine warme, angenehme Altstimme ruft aus dem offenen Küchenfenster eines gepflegten, im nüchtern-schmucklosen Stil der 1960er Jahre erbauten Einfamilienhauses quer über den kleinen Hof.

»Himmelfix, Rösle, was ist denn los?!« Das Fluchen ist nämlich eine Schwäche von Inspektor Isidor Ibele, keinesfalls jedoch ein Indiz schlechter Laune, da gibt es anderes.

»Telefon, Isidor, der General!« Telefon! Und dann auch noch der General! Der Ruf zum Mittagessen wäre Isidor lieber gewesen, läutet es ja soeben halb zwölf von der nahen Pfarrkirche herüber. Mittagessen! Wo es doch heute eine Lammkeule gibt, aus der Zucht seines Bruders, eigene Schlachtung, versteht sich! Gute zwölf Stunden gegart im Holdomat bei gerade einmal 74 Grad, mit viel Knoblauch und noch mehr Ingwer! Ja, Ingwer: Man pflegt eine bodenständige und raffinierte, vor allem eine engagierte Küche im Hause Ibele. (Aber dazu später mehr.) Ibele überprüft nochmals die Temperaturanzeige an seiner vor dem großen hölzernen Stadel aufgebauten fahrbaren Brennanlage, Schnapsbrennanlage, was sonst! In seinen hohen schwarzen Gummistiefeln trabt er über den Hof auf das Fenster zu, an dem sein Rösle steht. Sein Rösle, eigentlich Rosalia Katharina Velma Ibele, geb. Meusburger. Bauernkinder sie beide: eine begnadete Köchin und ein begnadeter Esser. Seit nunmehr einem guten, einem sehr guten, Vierteljahrhundert geht ihre Liebe durch den Magen. Sie scheint beträchtlich gewachsen zu sein in dieser Zeit. Das Rösle, eine Schwarzacher Land- und Gastwirtstochter, ist Köchin mit Leib und Seele. Mit den geckenhaften Schnöseln und Wichtigtuern aus den Fernsehküchen hat sie nichts, aber schon gar nichts am Hut. Das Rösle verkörpert auch nicht nur eine kulinarisch-gastronomisch fast schon untergegangene Zeit. Das Rösle ist zum einen die Güte in Person und zum andern jemand, der genau weiß, was er, d.h. sie will. Nicht nur in der Küche. Für Isidor Ibele ein absoluter Glücksfall.

Als Spross einer alteingesessenen Bregenzer Bauerndynastie, und nunmehr Hobbylandwirt, konzentriert er sich auf die ausgedehnten Mostobstkulturen und hilft seinem Bruder bei der Schafzucht auf den Thalbachwiesen. Die Kriminalistik hat Ibele früh für sich entdeckt. Vielleicht war seine Berufswahl eine Nachwirkung der inbrünstig betriebenen Kindheits- und Jugendlektüren. Angefangen bei Bärli Hupf über den Räuber Hotzenplotz und weiter zu Karl May und Jerry Cotton, später, am Gymnasium, hat ihm der Französischlehrer Georges Simenon und seinen *Maigret* nahegebracht. In Ibeles Brust schlagen spürbar zwei Herzen. Ein Bauern- und ein Kriminalistenherz, genährt von ein und derselben Quelle: Wahrheitsliebe und Gerechtigkeitssinn. So gilt Ibele als der Philosoph im Kommando, als der leidenschaftliche Denker im Kreis der kühlen Rechner und trägen Beamten, denn: »A priori ist alles Mögliche möglich«, wie ihn seine Kollegen gerne ironisch und doch mit Respekt zitieren.

»Ja, Herr General?« Der General ist zwar kein General, er ist ein Oberst, aber seit er ein paar Monate hindurch als Stellvertreter eines frühpensionierten Spitzenbeamten drunten in Wien fungiert hat, pocht er auf den General. Man könnte ihn wahrscheinlich auch Napoleon oder Metternich, Exzellenz oder Durchlaucht nennen, ohne auf ernsthaften Widerspruch zu stoßen.

»Ibele, wir brauchen dich dringend!«

»Herr General wissen, dass ich bis Montag im Urlaub bin und Herr General wissen warum!« Diese leicht höfisch angehauchte Ausdrucksweise erlaubt sich Ibele von Zeit zu Zeit, hauptsächlich um dem General zu demonstrieren, wie weit sie letztlich voneinander entfernt sind: der Bauer und der General.

»Ja, Ibele, und ich würde den besten Schnapsbrenner des Landes nicht anrufen, wenn es nicht dringend wäre. Wir haben einen Mord, Ibele!«

»Einen Mord, Herr General?«

»Jawohl, einen Mord, mein Ibele, ein Senn wurde erschlagen und liegt tot im Sennkessel! Auf irgendeiner gottverlassenen Alp im ach so schönen Bregenzerwald.«

Na so was! Sapperlot! Dass die hitzköpfigen Wälder sich die Nasen blutig schlagen und die Zahn- oder Notärzte mit Extra-Arbeit versorgen, das ist man gewohnt. Wozu sonst, als um möglichst grundlos aufeinander einzudreschen, gibt es sommerliche Feuerwehr- und Musikfeste oder winterliche Hornerschlittenrennen? Obwohl auch wesentlich schlichtere Anlässe genügen, um mit Fäusten oder Prügeln aufeinander loszugehen, wenn erst einmal das nötige Quantum an Bier oder billigem Fusel geflossen ist. Aber Mord ist denn doch etwas anderes! Und bei dem Sauwetter auf eine Alp hinaufkraxeln, um einander umzubringen! Dann das Opfer auch noch sieden! Das geht zu weit, oder? Heilandderwelt!

»Ich bin in einer Viertelstunde im Kommando, Habe-die-Ehre«, versichert Ibele dem General und reicht seiner Frau energisch das Telefon durchs Fenster. Und die Lammkeule? Die muss warten bis zum Abend. Ibele drückt dem Rösle einen festen, nein, einen wahrhaft schmatzenden Kuss auf die lammfettverschmierten Lippen und gleich noch einen eleganten, um Verständnis heischenden auf Rösles noch immer glatte, faltenfreie Stirn. Die Lammkeule, das muss der Fairness halber erwähnt werden, verdankt Ibele übrigens zumindest indirekt seiner Lieblingsfeindin Mathilde, einer mütterlichen Freundin seiner Frau. Mathilde Hutter, Tochter eines stadtbekannten, sagenumwobenen Metzgermeisters, verheiratet mit Oswald, der durch ein paar Immobiliengeschäfte zu einigem Geld gekommen ist. Man wohnt droben am Pfänderhang in einer protzigen Villa mit Seeblick und Terrassenpool. Mathilde ist 68, todunglücklich und bei weitem nicht mehr die Schönheit, die sie, zumindest in den eigenen Augen, einmal war. Ersteres weiß sie nur zu genau und letzteres will sie naturgemäß nicht wissen. Vor kurzem bekam das Rösle bei Mathilde einen Kalbsbraten vorgesetzt, den sie im Holdomat zubereitet hat. Im feinleinenen Ehebett öffnet das Rösle ihrem Isischatz am selben Abend zur Einschlafstunde das Herz: So einen Holdomaten braucht das Rösle auch. Sie kann ja nicht die Sauna auf 74 Grad heizen, um ihrerseits eine in den distinguierten Hutterer-Kreisen, wie Isidor sie scherzhaft nennt, vorzeigbare Lammkeule zu schmoren?

Die Lammkeule muss jetzt warten. Dienst ist Dienst und Mord ist Mord. Ibele spurtet in die Garage und startet sein Motorrad, eine wohl gehütete BMW R50, Baujahr 1958, des Inspektors Jahrgängerin also, ein wunderschönes, schwarzes Exemplar, die Wespe unter den Motorrädern, wie er sie ob ihrer filigranen Gestalt nennt, ein unverwüstliches Boxermodell mit smarten 26 PS und den beiden klassischen Einzelsitzen, über den chromblitzenden Speichenrädern herrlich geschwungene, weiß eingerahmte Kotflügel (von wegen Schutzbleche!) und der legendäre, gut und gern kinderkopfgroße, schwarze Scheinwerfer. Einmal kicken (darauf besteht Ibele) und die Maschine läuft. Ibele hält sie tadellos in Schuss. Nicht dass er ein Pedant wäre, er ist ein Tüftler, und er ist ein Mensch mit stillen, aber beständigen Leidenschaften. *Nicht auf dem Feuer grillt man die besten Steaks, sondern auf der Glut,* pflegt er zu sagen, der Philosoph. Er rast die schmale Thalbachgasse hinunter, dass die Schülerinnen aus dem nahen Mädchenstift auf dem Weg in die Mittagspause in ihren himmelblauen Jacken und Faltenröcken gackernd und quieckend scharenweise zur Seite hüpfen. Ibele donnert über das bucklige Pflaster der Kirchstrasse weiter Richtung Kommando. Knatternd schießen dunkle Fahnen aus dem chromblitzenden Auspuff. Es ist keine Zeit zu verlieren! Denn jetzt riecht nicht mehr Isidor den Braten, jetzt riecht der Inspektor Blut!

Eine gute Stunde später parkt Kriminal-Aspirant Albrecht aus Schoppernau am Fuß eines steilen Hangs neben einer winzigen Hütte. Die beiden Männer steigen in die wacklige Seilbahnkiste. Dabei zittern zumindest Ibeles Knie eh noch von der Fahrt durch den halben Bregenzerwald und Albrechts wildem Ritt über grobe Schotterpisten und Güterwege. Aspirant Cäsar Albrecht, 22, frisch ausgemusterter Polizeischüler, ebenso unverdorben wie unbedarft, Fettnäpfchenspezialist und trotz seiner Jugend chronisch von unglücklicher Liebe heimgesucht. Um genau zu sein, ist er in einer tragikomischen Liebesdialektik gefangen. Entweder ist er nämlich unglücklich, weil nicht verliebt, oder aber er ist unglücklich verliebt. Derzeit übrigens ersteres, was sich aber bald und auf überraschende Weise ändern wird.

Oben auf Pfingstgunten warten bereits die beiden Kollegen vom Egger Polizeiposten. Außerdem zur Stelle ist der zuständige Gemeindearzt. Das ist ein distinguierter älterer Herr mit markant geschnittenem Gesicht, einem Schnurrbart à la Clark Gable und auffallend gepflegten, aber rastlosen Händen. Aus den Ärmeln eines karierten Tweed-Sakkos ragen blütenweiße Hemdsärmel mit schwarzglänzenden Manschettenknöpfen. Ein Landarzt wie aus dem Bilderbuch. Eine Erscheinung zwischen englischem Lord und hintergründigem Schalk. Er sitzt neben dem Sägewerksbesitzer und dessen Frau vor der Hütte und redet wort- und gestenreich auf die beiden ein. Ibele atmet ein paar Mal tief durch. Was für eine wunderbare Luft haben die hier! Betreten und wortkarg sieht sein kleines Publikum den ersten Maßnahmen entgegen.

»Was also ist los da heroben? Was ist passiert mit dem armen Senn?«, wendet sich Ibele nach einer knappen allgemeinen Begrüßung und einer kurzen Instruktion seitens seiner Kollegen zuerst an den Arzt.

»Jo do ischt alls boda gnot umme gsin«, antwortet der gepflegte Herr ohne erkennbare Emotion, lediglich begleitet von einer undefinierbaren, einen jähen Absturz oder schnellen Exitus andeutenden Handbewegung.

»Wie bitte?« Ibele war auf diesen Mundartschwall nicht gefasst.

»Da war leider nicht mehr viel zu machen!« Ein mildes, mit einer winzigen Spur von Sarkasmus unterlegtes Lächeln begleitet die in fast akzentfreiem und tadellosem Schriftdeutsch gesetzten Worte. Immerhin ist der Mann ein Urur- oder so Enkel des vermutlich bedeutendsten Schriftstellers der Region. »Wie es ausschaut ein glatter Hieb durch den Schädel mit einem sauscharfen Beil, und dann noch gesotten, aber das eher post mortem.« Hat der Doktor jetzt gegrinst? Findet er *das* lustig? Den Humor müsste man haben!

Ibele durchquert mit eingezogenem Kopf den kleinen Schopf und steht in der dämmrigen Sennküche. Auf dem Boden liegt von einer gräulich-beigen, feinkörnigen Schicht überzogen der Tote, auf eine zerschlissene Decke gebettet. Ziemlich entspannt, könnte man meinen, nur vom Gesicht ist nicht mehr viel übrig. Und die Spurensicherung wird keine Freude haben mit all dem verschütteten Zeug. Wer den Toten denn aus dem Kessel geholt hat, will Ibele wissen. Der Sägewerksbesitzer war es. Immer dieselben Gschaftlhuber: Sind stets dort, wo man sie nicht braucht, und wo man sie braucht, sind sie garantiert nicht! Jeder Windstoß, der durch die offene Tür von draußen in die Hütte hereinweht, treibt höllisch stinkende Duftschwaden von einer Ecke in die andere.

»Gibt's denn hier keinen Schnaps, das dreht einem ja den Magen um!«, knurrt Ibele, dem selbst sein Schwager, seines Zeichens Gerichtsmediziner, eine beinahe unglaubliche Vomitätsresistenz attestiert, was nichts anderes heißt, als dass seine Magennerven normalerweise jede Ekel-Attacke überstehen. Ibele will dennoch keine Gelegenheit versäumen, die erfahrungsgemäß hochwertigen Destillate der als ausgezeichnete Brenner bekannten Einheimischen zu verkosten.

»Da sollte schon etwas zu finden sein«, meint Kollege Eugster und öffnet den wackligen Wandkasten.

»Bring die Flasche vors Haus!«, kommandiert Ibele und geht nach draußen. Dort zündet er sich eine filterlose Gauloise an. Die holt er regelmäßig drüben in der Schweiz, Gauloises brunes, wie Jean-Paul Belmondo. Drei bis vier davon pro Tag genehmigt er sich. Das ist Kult. Bezirksinspektor Eugster lässt die Schnapsflasche kreisen: ein Enzian-Brand, nach alter Tradition hergestellt aus den Wurzeln, nicht ganz erlaubt, aber so was von gut! Ibele schnalzt genießerisch mit der Zunge.

»Wer war der Mann?«

»Lässer Kurt, der Pfingstgunten-Senn seit fünfzehn Jahren; eher ein Eigenbrötler, aber kein unguter Typ; ein bisschen verschroben vielleicht. Man kennt ihn überall im Wald, ein ehemaliger Alma-Einkäufer. Wirklich viel zu sagen gibt es nicht über ihn. Die letzten paar Jahre lebte er sehr zurückgezogen. Sicher keiner, der uns bisher viel Arbeit gemacht hat, und keiner, dem man einen solchen Tod wünscht!«

»Sind in der Hütte besondere Spuren zu sehen, ein Kampf oder so? Was ist mit dem Tisch los?«

»Viel ist nicht zu finden da drin. Ja, der Esstisch ist der Länge nach auseinandergehauen, gespalten wie Lässers Grind, dem frischen Schnitt nach heute Vormittag und wie es ausschaut mit einem einzigen Schlag. Da scheint ein Riese am Werk gewesen zu sein, und ein zorniger noch dazu.« Bezirksinspektor Eugster braucht noch einen Schluck.

»Wer hat den Toten gefunden?«, will Ibele wissen.

»Ich, Herr Inspektor!«, meldet sich der Sägewerksbesitzer blass. »Wir sind gegen elf Uhr heraufgekommen, meine Frau und ich, das war so abgemacht, zur Sennsuppe …«

»Sie haben ihn aus dem Kessel geholt? Wozu denn? Hat er vielleicht gejammert? War ihm zu heiß in seinem Bad?« Ibele erstickt seinen Ärger in Zynismus.

»Das nicht gerade, das heißt, ich weiß nicht, aber ich habe gedacht …«

Erstes Gebot: Du sollst nicht denken!, hätte ihm Ibele gerne zugerufen, doch er beherrscht sich. Es ist, wie es ist. Der Mann hat es ja gut gemeint. Und das ist erfahrungsgemäß meistens das Schlimmste, was einer tun kann.

»Sie sind doch zu Fuß herauf gekommen. Ist Ihnen etwas aufgefallen auf dem Weg, jemand begegnet oder so?«

»Nein, niemand, es war auch ganz neblig und da sieht man ja sowieso keine paar Schritte weit …«

»Aber Albert, ich habe es dir gesagt, Albert, drunten, bei der Seilbahnhütte, Albert, da war doch dieser Hut im Wald …«, meldet sich schüchtern die Frau.

»Ein Hut?«, fährt Ibele herum.

»Ja, so ein Tirolerhut, also ein Bub oder ein Mann mit einem Hut ist im Wald gesessen. Eher ein Mann, ein kleiner, ich glaube, er hat geschlafen. Als wir dann auf die Seilbahnhütte zugegangen sind, ist er schnell zwischen den Bäumen verschwunden, ich habe es dem Albert gezeigt, aber der war mit dem Rucksack beschäftigt und hat nur gesagt ›Mein Weib, es ist ein Nadelstreif‹ und ich soll nicht phantasieren, sonst holt mich noch der Erlkönig.« Und mit der in etlichen Ehejahrzehnten zur Maske gewordenen Ich-hab's-dir-ja-gesagt-Miene wirft sie ihrem Albert einen trotzigen Blick zu.

»*Nebelstreif* habe ich gesagt, Marile, *Nebelstreif*!« Fetz blinzelt dem Inspektor kumpelhaft zu, sichtlich angetan von seinem klassischen Zitatenschatz. Ibele aber wäre es lieber gewesen, der Mann hätte besser aufgepasst, als mit seiner sinnlosen Halbbildung zu prahlen.

»Wo ist eigentlich der Albrecht? Hat jemand den Albrecht gesehen? Albrecht!«, brüllt Ibele.

»Hier!«, ruft der Aspirant ungewohnt kleinlaut um die Ecke. Ibele und Eugster schauen nach. Da steht Albrecht bis zu den Waden versunken auf dem riesigen Misthaufen und kommt weder vor noch zurück.

»Was tust denn du da?«, lacht Ibele.

»Man kann ja nie wissen, Inspektor, ich habe gedacht, ich schau mal hier … und dann, so ein Mist …«, versucht Albrecht eine Erklärung.

»Bei dir kann man wirklich nie wissen!«, gibt ihm Ibele recht und wirft ihm eine Mistgabel zu. »Komm jetzt herunter! Genug gemistet!«

»Lass bitte die Seilbahn-Kiste hinunter«, sagt er zu Eugster, »und hol die Spurensicherung herauf, die müssten jetzt bereit sein. Den Lässer schickst du eh in die Pathologie, gell, meinetwegen kannst den Hubschrauber anfordern, wenn der fliegt bei dem Wetter. Ich möchte doch wissen, ob sich der Senn gewehrt hat gegen seinen Mörder. Und du organisierst das mit dem Vieh, nicht wahr, Eugster, die armen Viecher!« Ibele saugt die allerletzte winzige Dosis Nikotin aus der zwischen Daumen und Zeigefinger eingeklemmten Gauloise und schnippt den Rest weit hinaus in das zertrampelte nasse Gras vor der Hütte. Wie in Erwartung tosenden Beifalls verharrt er mit hoch erhobener Hand theatralisch in dieser Pose, als hätte er soeben eine Klavier-Sonate zu Ende gespielt. Nein, Ibele braucht keinen Beifall: Ibele denkt. »Los, Albrecht, wir machen uns aus dem Staub, äh Dreck. Ja, natürlich zu Fuß: *Über Stock und Stein zu Tal,* Albrecht, da kannst du dir im Gras den Mist von den Schuhen und Hosenbeinen wischen. Und fahren tu dann sowieso ich. Man will ja noch ein paar Jahre leben!« Der Regen hat inzwischen nach und nach aufgehört, im Westen reißt die dicke Wolkendecke immer mehr auf. »Es wird einen schönen Sonnenuntergang geben heute, über dem See«, verkündet der Inspektor, und eine prima Lammkeule im Thalbach!, aber das behält er für sich. Mit einem jovial-förmlichen »Herr Medizinalrat!« und einem kräftigen Händedruck verabschiedet er sich von Dr. Felder, der ihm freundlich und geheimnisvoll zuzwinkert. Den Sägewerksbesitzer Fetz entlässt er nach Aufnahme der Personalien und einer strengen Ermahnung in puncto Leichen-Behandlung in den freien Zeugenstand. Für das Marile hat er ein aufmunterndes Lächeln parat und einen speziellen Dank für den Hinweis auf den Hut.

Der Nachmittag ist weit fortgeschritten, als Ibele im Kommando dem General Bericht erstattet. Der kann sich im Moment keinen Reim auf die Geschichte machen und nestelt nervös an seiner Uniform herum. Was soll er denn nun ins Pressecommuniqué schreiben? Dass es keines gibt, wie Ibele vorschlägt, ist für ihn unvorstellbar. Ibele bietet dem General an, selbst den zuständigen Redakteur des »Vorarlbergboten« telefonisch zu benachrichtigen, sozusagen *his masters voice* sprechen zu lassen. Aber der General beharrt darauf, das zur Chefsache zu machen, worauf ihn Ibele leicht patzig mit den dürren Fakten füttert und sich in den Feierabend verabschiedet.

Wie Ibele es vorausgesagt hat, reißt die Sonne jetzt große Löcher in die Wolkendecke und über dem See gleißt und glitzert und funkelt es in hellen Farben. So unbarmherzig Isidor seine alte BMW am Nachmittag ins Kommando gejagt hat, so liebevoll und sanftmütig geht es nunmehr nach Hause. Der Motor schnurrt wie ein alter Kater am Kachelofen. Der Inspektor summt zu seiner eigenen Überraschung ein Liedchen vor sich hin. Es ist Alfred Jodokus Kwak, mit dem er singt: »Warum bin ich so fröhlich? ... So fröhlich war ich nie!« Woher stammt diese Fröhlichkeit? Woher das Gefühl von Leichtigkeit? Dabei hat Ibele jetzt Hunger wie ein Wolf. Da kommt eine Lammkeule gerade recht. Das Rösle hat sie tatsächlich über den Nachmittag gerettet: Holdomat sei Dank. Dazu reicht Ibeles beste Köchin der Welt ein klassisches goldbraunes *Gratin dauphinois,* mit reichlich Käse überbacken. Das ist ganz nach Ibeles Geschmack und der Genuss durch nichts zu beeinträchtigten; auch nicht durch die nachmittäglichen Alp-Erlebnisse. Verfeinert ist das Gratin mit eigenen, im vergangenen Herbst eingelegten und nun zwischen die Kartoffeln geschichteten Birnen: Faaaabelhaft! Ibele persönlich serviert dazu eine Flasche echten Landwein von der Loire, Jahrgang 1995, eine sentimentale Reserve. Ein Wein, der in keinem einzigen Weinführer der Welt aufscheint und umso köstlicher schmeckt!

Ach wie gut ...

Das Frühstück des Inspektors ist so schlicht wie erlesen. Wie jeden Samstag: frische Handsemmel vom Vochazer, die sensationelle Sennereibutter aus Langenegg und Rösles unübertreffliche heurige Erdbeer-Rhabarbermarmelade. Mehr braucht er nicht, der Isidor. Sonntags ein weichgekochtes Ei, wozu lässt man die Hühner herumlaufen hinter dem Haus! Doch, etwas fehlt natürlich noch: der schwarze, starke, heiße Kaffee, den das Rösle, in ihr neckisches altrosa Negligé gehüllt, jetzt in Ibeles Lieblingstasse gießt. Der Morgenkaffee wird bei Ibeles noch händisch gefiltert, denn allein schon gegen den Duft, der dabei das Haus von unten bis oben durchzieht, kommt keine Espressomaschine an. »Keine!«, lautet Ibeles kategorisches Urteil. Diesmal a posteriori, weil auf vielen Erfahrungen beruhend. Das Rösle erntet einen zarten Kuss auf die Wange und Ibeles Hand schafft es auf verschlungenen und kurvenreichen Wegen zur nackten Haut von Rösles Taille. Mit einem so sanften wie entschiedenen »Oh, Isidor! Iss jetzt endlich! Und schau lieber in die Zeitung!«, verweist das Rösle den Inspektor auf seine wahren oder zumindest im Augenblick vorrangigen Pflichten.

Heute kommt Isidor wirklich nicht umhin, die aufgeblasene Samstags-Ausgabe des »Vorarlbergboten« aufzuschlagen. Der Lässer-Mord ist bereits ein Thema, der General hat gestern noch ganze Arbeit geleistet. Auf der ersten Seite wird – wie üblich wenig originell – getitelt: *Schmorfleisch auf der KäseStrasse*. Der Regionalteil breitet die Geschichte seitenfüllend reißerisch aus. Unterlegt mit jeder Menge im Archiv ausgegrabener Fotos, die mit den tatsächlichen Ereignissen ungefähr so viel zu tun haben wie Maggis Suppenwürfelbrühe mit Rösles Consommé. Also null und nichts. Immerhin ist die Rede von einer ganz speziellen Mordwaffe, einer Axt vermutlich, und vom Tirolerhut des möglichen Mörders. Da werden in den kommenden Tagen Dutzende der so genannten *Hinweise aus der Bevölkerung* eingehen. Aus einer Bevölkerung, die, wenn man sich die Hinweise und vor allem die Hinweisenden selbst genauer anschaut, zu vier Fünfteln aus zerstrittenen Nachbarn, verfeindeten Sippen oder unbelehrbaren Ignoranten besteht. Oder einfach aus wichtigtuerischen Faulpelzen, die ihr ödes Dasein fristen, indem sie Tag und Nacht am Fenster sitzen und in ihrem armseligen Hirn unsinnige Phantasien wälzen. Aber wer weiß, vielleicht ist ausnahmsweise etwas Brauchbares dabei.

Gleich nach dem Frühstück macht sich Ibele zu Fuß auf den Weg ins Kommando. Das Rösle hat um pünktliches Erscheinen zum Mittagessen gebeten, denn heute folgt der zweite Teil des Lamm-Festes: die Leber. Strahlender Sonnenschein lockt die Bregenzerinnen und Bregenzer in bunten Scharen auf den Samstags-Bauernmarkt im Stadtzentrum. Da gibt es zwar keine Bauern, aber dafür italienische Salami und griechische Anti-Paste. Der Sommer ist nach den Regentagen reuig und in aller Pracht zurückgekehrt. Da könnte sich am Nachmittag ein kleiner Segel-Törn mit des Schwagers neuer Yacht ausgehen. Wie alle richtigen Bregenzer ist Ibele ein Bodensee-Fan.

Doch vorerst wartet staubtrockene Arbeit. Das Protokoll der Egger Kollegen sollte eingetroffen sein, und dann hat Ibele gestern noch per Mail ein vorläufiges Täter-Profil-Gutachten vom fast schon weltberühmten Haupt-Kriminal-Psychologen Dr. Hallmüller erbeten, im Auftrag des Generals, versteht sich. So wirklich sympathisch ist ihm der Professor zwar nicht, spätestens seit er sich vor den allzu wohlfeilen Karren des *Boten* hat spannen lassen, um den Gerichtsprozess gegen einen besonders widerlichen Gewalttäter zu analysieren. Es war einer jener Fälle, die hierzulande immer wieder für großes Aufsehen sorgen. Vielleicht wird man ja doch bald die Bundeshymne umdichten müssen: »Land der Quäler, Land der Schnitzl / Land der Priklopil und Fritzl / Heimat bist du rechter Recken / In den Kellern herrscht der Schrecken ...« In seinen Kommentaren hat der Professor allerdings für Ibele eindeutig zu sehr nach dem Geschmack der sensationsgierigen, voyeuristischen Leserschaft geschielt und geschrieben. Aber er ist halt die erste Adresse und oberste Autorität im Lande in Fragen krimineller Perversion. Auf so was steht der General total. Nicht auf kriminelle Perversion natürlich, sondern auf Kapazunder wie den Dr. Hallmüller, dem die Medien jedes Wort aus der Hand fressen. Mal sehen, was er zu sagen weiß in der Sache, der wortgewaltige Experte für das ganz normale Böse! Und ob die Kollegen von der Gerichtsmedizin etwas Brauchbares herausgefunden haben?

Das Protokoll aus Egg steckt im Faxgerät, eine knappe Viertelseite kurz. Das Opfer: Kurt Lässer, 61, wohnhaft in Egg, geschieden vor fünfzehn Jahren, sommers Senn und winters Schiliftangestellter in Schetteregg, ein erwachsener Sohn, der seit langem in Paris lebt. Der ist übrigens bereits verständigt worden, per Mail, telefonisch war kein Durchkommen möglich zu dem Herrn. Todesursache ist der Axthieb längs durch den Schädel des Senners, geführt mit einer ungewöhnlich scharfen und besonders breiten Klinge, keine der üblichen Äxte, mit denen auf den Alpen das Brennholz gespalten wird. Am Tatort keine Spur einer solchen Waffe, nur ein rostiges Beil mit wackligem Stiel. Im Kessel mag Lässer knapp zwei Stunden gelegen sein, aber, wie Dr. Felder bereits richtig diagnostiziert hat, da ist er schon als Toter hineingekommen. Keine Spuren eines Kampfes. Der Tisch wurde mit derselben Waffe bearbeitet wie der Schädel des Toten. Und, wie die Blutspuren auf ihm belegen, nach dem Toten. Als wäre die Aggression noch nicht ganz heraußen gewesen aus dem Mörder. Der Täter trug offenbar rote Wollsocken, ein paar Fäden davon fanden sich auf den rauen Brettern in der Sennküche wie im Vorraum. Der Senn nämlich war barfuss in alten Gummigaloschen und ähnliche Wolle in der ganzen Hütte nicht zu finden gewesen. Immerhin.

Was lässt sich damit anfangen? Ibele lässt fürs erste einmal die Frage nach dem Motiv beiseite, dafür braucht er mehr Zeit. Bleiben das Opfer und die Tatwaffe. Eine Axt. Er erinnert sich spontan an eine jener Fernsehsendungen, die Abend für Abend kindische Pseudobildung verbreiten. Die Enkelkinder waren kürzlich zu Besuch und wollten das Zeug unbedingt sehen. Da ging es unter anderem um die schärfste Klinge der Welt. Auf dem zweiten Platz landete, daran erinnert sich Ibele jetzt, eine schwedische Axt, deren Herstellung in einem dilettantischen Filmchen dokumentiert wurde. Wer weiß? Ibele klickt sich in die große Google-Welt ein und bald fällt ihm tatsächlich die Modellpalette einer schwedischen Axtschmiede mit folgendem Spitzenprodukt auf: *Zimmermannsaxt Mod. 1700 mit angeschmiedeter Tülle. Gewicht 2 kg, Stiellänge 50 cm, Gesamtlänge 59 cm, Schneide 19 cm. Preis 449,–*. Das wäre ja eine Möglichkeit. Kein ganz billiger Spaß allerdings. Doch um Spaß dürfte es gestern auf Pfingstgunten prinzipiell nicht gegangen sein! Nur wie und warum sollte so etwas in die Hände eines Sepplhutträgers im Bregenzerwald kommen? Das Wie müsste ja recht einfach zu eruieren sein, oder? Kollege Albrecht weiß sicher eine Antwort. Er weiß nicht nur bestens, wo seine Landsleute die Mopeds und Autos aufmotzen, er kennt doch bestimmt auch die angesagtesten Adressen für scharfe Sensen, Messer und Äxte …

Aufgepasst! Ibele spitzt die Ohren. Diese Schritte kennt er. Der bemüht jugendliche Elan, mit dem da jemand die Treppe aufwärts stürmt und dann das hektische Trippel-Trappel den langen Gang herunter. Verdammt, da steht er schon – der General. Im Samstag-Vormittags-Markt-Outfit: ein hellbeiger Leinenanzug, weiße Socken und dazu hellbraune italienische Schühchen, auf dem fast kahlen Schädel ein Stroh-Borsalino – wirklich elegant! Dabei hat Ibele keine Ahnung, wie viel Mühe es die Frau General kostet, ihrem Gemahl wenigstens für den Marktgang das Tragen der Uniform auszureden, ja zu verbieten. Den Jogging-Anzug im Uniformdesign hat sie gerade noch akzeptiert, aber beim Pyjama war Schluss: Keine Uniform im Schlafzimmer!

Sonst kommen als nächstes womöglich die Handschellen! Und dann Gute Nacht! In Uniform auf den Markt, zwischen all den bemüht salopp, leger und topmodisch gekleideten Kleinstadtgrößen! Nein, Danke! Der General fügt sich nur zähneknirschend dem ehelichen Diktat. Ist er etwa nicht im Recht? Nicht nur erheischt seine hehre Aufgabe eine quasi ständige Dienstbereitschaft, es könnte ja außerdem jederzeit ein Presse-Fotograf zur Stelle sein, der ihn beim Kohlrabi-, Kartoffel- oder Karottenkauf ablichtet! Von dem der General, nebenbei erwähnt, ungefähr so viel versteht wie die sprichwörtliche Kuh vom Tanzen.

»Guten Morgen, Ibele, wie geht's, wie steht's?«

»Guten Tag, Herr General. Es kommt drauf an.«

»Ja, stimmt. Und, Ibele?«

»Und gar nichts, Herr General.«

»Aber ich habe für Montag eine Pressekonferenz angekündigt, im Käsekeller!« Ibele verflucht zum x-ten Mal das Publicrelation-Diplom, das der General in einem mehrsemestrigen berufsbegleitenden Lehrgang an der Polizei-Akademie erworben hat.

»Da können Herr General ruhig eine Käse-Degustation daraus machen, vielleicht kann man das den Pressefritzen, äh, den Damen und Herren Journalisten eh schmackhafter machen als eine grausliche Mordgeschichte. Obwohl das wahrscheinlich schwer sein wird: Geht doch kaum etwas über einen schönen Mord auf der Titelseite! Wir brauchen aber den Montag für die ersten Abklärungen und überhaupt: weit und breit ist kein Motiv in Sicht, ein Täter übrigens genauso wenig. Noch ist ja nicht einmal der Sohn des Toten im Land, und der Herr Psychologe hat auch noch nichts hören lassen: Wochenende, Herr General ... Warten Sie doch einfach noch bis am Dienstag.«

Das ist nun ein Argument, das dem General einleuchtet. Vielleicht könnte man den großen Dr. Hallmüller für Dienstag noch ins Boot holen? Dann kommt bestimmt auch das Fernsehen: General, Professor und Wälder-Käse. Das wäre doch unschlagbar, oder? Der General macht mit sehr beschäftigter

Miene kehrt und sein »Schönes Wochenende weiterhin, Ibele« geht in ein Gemurmel über, das ein erster mündlicher Entwurf für die nächste Presseerklärung sein könnte.

Von der Stadt herüber kommt Sirenengeheul, es ist zwölf Uhr mittags. Höchste Zeit für die Leber! Inspektor Ibele nimmt den Weg durch den Thurn-und-Taxis-Park mit den uralten Bäumen und der schönen Villa darin, der passt im Moment besser zu seiner Stimmung als das affektierte Marktgewimmel, in dem die biederen Bregenzer sich ein wenig weltmännisches Flair zu geben versuchen. Unter den haushohen Bäumen im Park zieht Ibele kurz Bilanz: ein toter Älpler, ein besonders effektives Mordwerkzeug, ein nebuloser Sepplhut, rote Wollsocken. Das ist alles bisher, nicht wirklich viel – aber bei aller Dürftigkeit nicht dazu angetan, ihm den Appetit auf die Leber zu nehmen oder die Vorfreude auf den Segelausflug am Nachmittag! Freundlich grüßt Isidor seine Schwester, die wie jeden Samstag ausgiebig den geräumigen Garagen-Vorplatz ihrer eleganten Stadtvilla kehrt. Kehrt? Kehrt! Ibele zuckt zusammen und ist wie gebannt durch etwas Ungewöhnliches, das sich in ihm vollzieht. Irgendetwas hat in seiner Erinnerung Alarm ausgelöst, die kehrende Schwester kann es nicht sein, die ist wie immer. Aber woran erinnern ihn diese halbkreisförmigen Bewegungen, mit denen sie den alten Reisigbesen schwingt, dieses kratzende Geräusch der dürren Äste auf dem Asphalt? Das Bild, nach dem Ibele mit größter Konzentration sucht, ist nicht in der Schwester, es ist in ihm selbst, das weiß er. Aber was ist es? Sein Blick wandert wie von selbst nach links hinüber, zu den hohen, uralten Kastanien auf dem kleinen Parkplatz unter dem Schlössle, das schattige Grün der weit ausladenden Baumkronen führt ihn noch einmal zurück in den Park und zu seinen Gedanken – und mit einem Schlag ist das Bild da.

Es ist der Seppl, der Straßenkehrer-Seppl! Als Volksschulkinder haben sie den alten Mann auf ihrem Schulweg häufig verspottet. Die unvermeidliche Pfeife im rechten Mundwinkel und den ebenso unvermeidlichen Speichelfaden im linken, einen Hut schief auf dem wackligen Kopf, hat er ihre frechen

Zudringlichkeiten mit wildem Besengefuchtel abgewehrt. Ein armer Teufel ist er gewesen, ein vertrottelter Alter in ihren unwissenden Kinderaugen. In Wirklichkeit, wie Ibele viele Jahre später zu seiner Beschämung von der Enkelin des Mannes erfuhr, ein äußerst milder und umgänglicher Mensch, sogar einer mit Humor. Jahre-, nein jahrzehntelang ist dieser Seppl nicht mehr in sein Denken getreten. Woher kommt er jetzt plötzlich? Was will ihm diese aus so großer Tiefe und so unwiderstehlich aufgestiegene Erinnerung sagen?

Die Leber hält, was das Rösle verspricht. Dazu gibt es ein Rösti, das jedem Schweizer Gourmettempel inklusive Zürcher *Kronenhalle* zur Ehre gereichen würde. Und der Segeltörn am Nachmittag, ein paar flotte Schläge hinüber nach Lindau und im auffrischenden Ostner durch die Fußacher Bucht zurück. Eine runde Sache! Im Clubrestaurant ein Glas Neuburger aus der Südbahn-Gegend. Das ist noch ein Weißwein! Der Älplermord gibt auch den versammelten Hobbykapitänen Gesprächsstoff, aber ihr hanebüchenes Psychologisieren und radikales Urteilen will Ibele nicht gefallen. Sollen sie ihr Seemannsgarn ohne ihn spinnen! Er zieht dem vorlauten Gerede den ungefilterten Gauloise-Genuss, das stille Sinnieren und, warum soll man's nicht sagen: die eine oder andere Bachsche Cello-Solosuite im heimischen Wintergarten vor, lediglich unterbrochen von den wuchtigen Glockenschlägen der Pfarrkirche und untermalt vom bläulich-matten Licht aus dem Wohnzimmer, wo das Rösle gebannt einem extrem schneidigen Kerl über *die Dächer von Nizza* folgt …

Sagenhaftes und Superkluges

Kaum sitzt der Inspektor am Montag wie gewohnt überpünktlich kurz vor acht Uhr an seinem Schreibtisch, betritt Aspirant Cäsar Albrecht forsch das Büro. In der Hand hält er ein dickleibiges, großformatiges Buch, auf dessen Umschlag eine Burgruine im Mondschein abgebildet ist. Er setzt eine feierliche Miene auf, als stünde mindestens die Verkündigung der österlichen Frohbotschaft durch den Erzbischof unmittelbar bevor.

»Guten Morgen, Chef. Sie werden es nicht glauben, aber ich weiß, wer den Lässer umgebracht hat! Hören Sie sich bitte an, was ich gefunden habe.« Albrecht glüht vor Eifer, was um diese Tageszeit sonst eher selten der Fall ist. Ibele schwant Arges.

»Ja, Albrecht, was gibt's denn, wer also, warum, wozu und wie?« Albrecht überhört geflissentlich und souverän den kaum verhohlenen Spott des Inspektors.

»Hören Sie gut zu«, fordert ihn der Aspirant, zum Frontalangriff übergehend, auf. Nun liest er so theatralisch gestikulierend wie mühsam artikulierend die Sage vom gesottenen Senn auf der Alpe Wöster vor. Er liest in der für seinesgleichen typischen Intonation, also in einer Art abgehacktem Sprechgesang mit einer besonderen Akzentuierung der Endsilben, als wäre er froh um jedes gemeisterte Wort. Das erzählt die Sage: Faule – und folglich böse – Älpler aus der Nachbarschaft suchen in übler Absicht die Alpe Wöster heim, die dank des Fleißes und der Meisterschaft des dortigen Senns wohl bestallt ist und als eine der reichsten Alpen weitum gilt. Sie raffen Butter und Käse zusammen und treiben das Vieh fort. Was sie von den reichen Vorräten nicht mitnehmen können, zerstampfen sie im Dreck. Dann fachen sie ein mächtiges Feuer unter dem Kessel an, überwältigen den sich heftig wehrenden Senn und sieden ihn in dem brodelnden Wasser zu Tode.

»Warten Sie!«, erstickt Albrecht den Kommentar, zu dem Ibele ansetzt, im Keim. »Es kommt noch mehr!« Albrecht blättert ein paar Seiten weiter. Was folgt, ist die Geschichte eines Hirten auf einer großen Montafoner Alpe, der eines Nachts, der ewigen Hänselei und Nörgelei durch seine Kollegen überdrüssig, durchdreht. Er hackt mit einem Beil dem Obersenn den Kopf ab – hier wirft Albrecht dem Chef einen bedeutungsvollen Blick zu – und kann vom restlichen Alppersonal nur in die Flucht geschlagen werden, weil ein Windstoß seine Kerze auslöscht. Am Ende einer wilden Hetzjagd von Alp zu Alp zündet der Mörder eine leerstehende Hütte an und entzieht sich der Verhaftung unter wüsten Verwünschungen und Flüchen durch einen Sprung in die Flammen.

»Und was schließt der Herr Albrecht daraus?«, fragt Ibele so interessiert wie möglich, übergroße Anteilnahme an Albrechts Theorie heuchelnd.

»Dass der Knecht der Täter war!«, triumphiert der Aspirant.

»Sehr schön, lieber Albrecht! Nur leider gibt es keinen Knecht auf Pfingstgunten.« Ibele freut sich zu früh, wie sich gleich herausstellen soll.

»Aber es gab einen, Inspektor, ich habe das schon untersucht«, Albrecht ist mit seinem Latein noch lange nicht am Ende.

»Wann war das?«, forscht Ibele.

»Vor zehn Jahren, ich weiß auch, wer es war und ich weiß auch, dass der Betreffende elf Mal vorbestraft ist wegen Körperverletzung und Zechprellerei, und …«, Albrecht hebt erneut die Stimme zum Fanal, »… er ist seit fünf Tagen verschwunden!«

»Erzähl, Albrecht, was ist das für eine Geschichte? Steht die auch in deinem Buch?« Nun ist der Inspektor doch neugierig geworden.

»Nein, Inspektor, das habe ich alles gestern beim Frühschoppen im Schnepfauer Adler erfahren, dafür hat's dann bis am Abend gedauert und mein Kopf brummt heute noch. Der Knecht, ein gewisser Gottlieb Hammerer, ist vor zehn Jahren im Streit von Pfingstgunten weggegangen. Man erzählt sich, der Lässer, der ja ein ganz ein lästiger Hund sein kann oder sein hat können, habe ihn ständig wegen einer missglückten Weibergeschichte verlacht, bei der der Hammerer allerdings ganz schlecht ausgeschaut hat. Er ist einer schneidigen Touristin, einer feschen deutschen Ärztin, die ihm schöne Augen gemacht hat, wenigstens ist das für den Hammerer ganz klar der Fall gewesen, bis nach Bielefeld nachgefahren und hat sich dort eine wahnsinnige Abfuhr geholt – sagt man. Außerdem habe ihm der Lässer einen Teil des Lohns vorenthalten. Seitdem verdingt sich der Hammerer als Holzer, aber sein Ruf ist schlecht und die Vorstrafenliste lang. Ich habe das alles von dem Alpbesitzer, einem gewissen Moosbrugger aus Hirschau, erfahren. Bei seiner Mutter, wo der Hammerer wohnt, ist er seit über einer Woche nicht mehr aufgetaucht. Zuletzt soll er am vergangenen Sonntag beim Bauderschwanger Musikfest gesehen worden sein, sternhagelvoll natürlich.« Albrecht klappt geräuschvoll das Sagen-Buch zu und verharrt reglos vor Ibeles Schreibtisch. Antoinette Hagen, Kriminal-Chefinspektor Ibeles blutjunge Sekretärin, und, mit Verlaub gesagt, ein selten krasser Fall von schlichtem Gemüt, schwachem Geist und willigem Fleisch, späht keck um die Ecke ins Chefzimmer herein. Als sie Ibeles funkelnder Blick trifft, macht sie sich errötend und hektisch über ihre Computertastatur her. Antoinette ist ein recht bedürftiges Pflänzchen. *Antoinette*, wie sie eigentlich zu ihrem Namen komme, hat Ibele die Hagen einmal gefragt, man lebe ja nicht in Versailles. »Wer sucht ein Ei?«, erwiderte die so Befragte verständnislos. Ihren Vornamen habe sie, da brauche der Herr Inspektor gar nicht blöd reden, vom Großvater mütterlicherseits, einem Anton eben, Scheffknecht übrigens. Das sei der bekannte, später in Nigeria verschollene Sticker, hakte sie nach, ob Ibeles Unwissenheit verächtlich schnaubend und ihre toupierte Mähne schüttelnd.

»Soso …«, Ibele resümiert Albrechts Erkenntnisse und überlegt. Das ist ja zumindest etwas, das den General interessieren wird, und von irgendwo her drängt sich plötzlich wieder das Bild des Straßenkehrer-Seppl in seine Gedanken, aber so ganz wird es diesmal nicht heimisch darin. Dieser Seppl war gewissermaßen Pazifist, vielleicht unfreiwillig, aber trotzdem. Der Hammerer scheint ja eher ein heftiger Typ zu sein. »Lass dir einen Haftbefehl ausstellen und schreib den Kerl landesweit zur Fahndung aus.« So richtig überzeugt scheint der Inspektor von der Sache nicht zu sein, aber wer weiß: A priori wollen wir nichts ausschließen. Albrecht zieht stolz ab, an der Hagen eigenartig schnell vorbei. Als würde er sich ausgerechnet vor der fürchten.

»Übrigens, Albrecht, kennst du eine gute Adresse für scharfes Werkzeug?«, ruft ihm Ibele hinterher.

»Scharfes Werkzeug? Sie meinen Sensen und Äxte, Messer und so? Und echt scharf?« Albrecht macht nicht ohne einen vielsagenden Seitenblick auf die Hagen kehrt. »Ja, das sind die Brüder Wohlgenannt in Dornbirn, die sind voll auf Zack! Total scharfes Zeug haben die! Da kriegst du alles, was schneidet, haut und scharf ist, sogar die schwedischen Äxte von Gänsfürbruk oder so, die sind echt geil! Mit denen ist auch ein Älplerschädel leicht zu knacken.« Aspirant Albrecht befindet sich sozusagen noch im paradiesischen Zustand techno-erotischer Unschuld: Scharf ist scharf und geil ist geil, ob Axt oder Weib – was soll's! Möge er diesen Zustand ohne allzu viel Blutvergießen überwinden, denkt sich Ibele in einer gleichermaßen spontanen wie tiefschürfenden Anwandlung philosophischer Weitsicht. Seinen deutlich vernehmbaren Seufzer hört Albrecht nicht.

»So, sind die«, murmelt Ibele still in seinen ergrauenden Drei- oder eigentlich Sechstagebart.

»Hagen!«, ruft er laut, und weiß wohl, dass das nicht sehr charmant ist. Aber er will jetzt nicht charmant sein. »Ist denn immer noch kein Mail gekommen vom Dr. Hallmüller?«

»Moment, Herr Inspektor«, flötet es geschäftig herein, »ich schau gleich nach.« Trotzdem dauert es eine Weile, bis sich wieder etwas rührt bei der jungen Dame.

»Nein, ein Mail ist nicht gekommen, aber ein Fax«, tönt es jetzt und schon stelzt die Hagen steif wie ein Stock mit seltsam maskenhaftem Lächeln im Gesicht auf den Inspektor zu. Sie erinnert ihn fatal an die Synchronschwimmerinnen und die absurden Fratzen, mit denen sie jeweils halberstickt, ein Lächeln vortäuschend und grimassierend aus dem Wasser auftauchen. Keinen Schritt kann Antoinette heute wieder tun, ohne an ihrem eh kaum vorhandenen Röcklein oder dem knappen Topp herumzuzupfen, unter dem es eindrucksvoll wippt und wogt: *Weia! Woge du Welle*, tönt es durch Ibeles Kopf. Die Sekretärin legt ein Blatt Papier vor Ibele, dreht sich wortlos nickend um und geht aus dem Raum, wobei sie den hoch erhobenen Kopf ständig, als würde sie eine imaginäre Menge grüßen, nach links und rechts dreht. Dass sie keine Kusshändchen wirft, ist alles. Man wird sie einmal fragen müssen, ob die letztlich erfolglose Teilnahme an der vorjährigen Misswahl nicht doch bleibende Schäden hinterlassen haben könnte. Es ist Ibele ja im Grunde peinlich, dass ausgerechnet seine Vorzimmerdame alle negativen Klischees dieses Standes und auch die meisten ihres Geschlechts so uneingeschränkt erfüllt. Hereingesetzt hat sie ihm natürlich der General, dem ist sie beim Schulabschlussball seiner Tochter in die Augen gestochen. *Ist* gestochen oder *hat* gestochen? Ist ja egal: auf jeden Fall gestochen, und zwar scharf!

Da war ihre Vorgängerin Eva schon ein anderes Kaliber: ein kluges, hellhöriges, fest geerdetes Wesen, dabei bildhübsch, die dunklen Haare zu einem armdicken hüftlangen Zopf geflochten und mit unerschütterlichem Selbstbewusstsein ausgestattet! Mit der hat man von Kant sprechen können, ohne dass sie gleich an Wurst: Kantwurst nämlich, gedacht hätte. Ibeles einziger Trost besteht darin, dass Eva in die Polizeischule abgewandert ist und somit eines nicht allzu fernen Tages als Kollegin zurückkehren wird.

Der Herr Chef-Psychologe hat unsere Anfrage gnädig beantwortet, denkt Ibele. Er beginnt interessiert und skeptisch zu lesen. Der Professor schließt also aus den vorhandenen Indizien auf einen sehr kräftigen männlichen Mörder. Warum *kräftig* und dann gleich noch *männlich*? Dass immer ausgerechnet die kraftlosesten Männchen dem eigenen Geschlecht so selbstverständlich die überlegenen Kräfte zuschreiben! Der weite Weg auf die Alp, den der Täter nicht gescheut hat, soll ein Hinweis auf hohes, vielleicht über längere Zeit angestautes Triebpotential sein, und auf das dringende und unbezwingbare Bedürfnis, irgendein frühes oder rezentes Trauma zu überwinden. Und rechtfertigt die Unfähigkeit zur Sublimierung wirklich die Annahme einer verminderten intellektuellen Reife, wie sie der Fachmann kühn diagnostiziert? Vielleicht könnte der Täter zwar, will aber nicht sublimieren? Vielleicht weiß und will er sogar, was er tut? Das soll ja auch noch vorkommen! Selbst in diesen Zeiten, in denen jeder tausend Ausreden hat, um nur ja nicht verantwortlich zu sein für sich selbst! War die Tötung mit der Axt offenbar eine geplante Tat, so könnte das Versenken des Toten im Kessel auf einen impulsiv-spontanen Typ schließen lassen, meint der Herr Doktor. Das Böse ist eben in uns allen! Vielleicht eine lange aufgeschobene Rachetat? Und das Trauma ist dann eben aus einer sozialen Benachteiligung entstanden. (Wer aber hat die nicht? Außer Kristall- oder Hotelkettenerbinnen? Und die haben sie, bei näherer Betrachtung, ja erst recht, oder?) So ist der Pfingstguntenmord zuletzt die Rache eines Zukurzgekommenen? Man dürfe den Täter mit Fug und Recht im Kreis der Bekannten oder des beruflichen Umfelds des Opfers suchen. Da darf man gespannt sein, was dem Professor am dingfest gemachten Täter zur Frage der Zurechnungsfähigkeit einfallen wird! … Kurz auflachend schnellt Ibele aus seinem Sessel hoch. Auch ein Philosoph freut sich, wenn seine Ansichten so frappant bestätigt werden! Er lässt den Wisch auf Albrechts Schreibtisch flattern. Er solle nur sein Sagenbuch gründlich studieren und sich dann als beeideter Gerichtsgutachter einschreiben lassen! Viel mehr hätten die Herren Oberkapazunder nämlich auch nicht auf dem Kasten als sagenhafte Schauermärchen und ein paar Schubladen voller abgedroschener Denkschablonen. Heilandzack, weil's doch wahr ist!

Für Albrecht ist das Öl ins schwelende Aspiranten-Feuer: »Herr Inspektor, am Nachmittag werde ich mir die Ex-Frau des Lässer vorknöpfen, wenn's recht ist, eine Frau Rafreider, sie hat nämlich wieder geheiratet vor drei Jahren, einen Dr. Rafreider aus Dornbirn oder so. Einen ziemlichen Angeber offenbar. Sie wohnt immer noch im Haus vom Lässer, und zwar mietfrei, erzählt man sich«, verkündet er, »das habe ich auch beim Frühschoppen erfahren, interessant, nicht wahr?« So ganz mag es Ibele nicht einleuchten, was daran interessant sein könnte oder wie sich daraus ein Mord-Motiv für die gute Frau ergeben sollte.

»Du bist ein Spinner, Albrecht! Außerdem wirst du dir erstens gar nichts vorknöpfen, und zweitens erst recht keine Ex-Frau«, korrigiert ihn Ibele kühl, »du wirst nach Dornbirn fahren, zum Wohlgenannt, und dieser Axtgeschichte nachforschen! Und dann fährst du zum Rapp und holst die Lässer-Papiere. Die werden hoffentlich irgendwelche Personal-Akten haben. Ich will wissen, was der dort oder in der Alma für einen Abgang gehabt hat.«

Bevor er noch dem General in die Hände rennt, verabschiedet sich Ibele lieber rasch in die Mittagspause. Es steht nämlich ein Osso-buco auf dem häuslichen Speiseplan, nach des Hubers Kleinem Kochbuch zubereitet. Einziger Wermutstropfen: die Hutterer sind eingeladen. Rösle kann es nicht lassen, ungefähr einmal pro Monat die beiden alten Jammergestalten zum Essen zu bitten. In dem Punkt ist sie eindeutig zu weichherzig. Nun, ein kleines Mittagessen an einem harmlosen Wochentag ist doch zu überstehen. Ibele bleibt noch Zeit für einen Pernod auf der im Schatten des alten Kapuzinerklosters liegenden Terrasse. Kaum etwas, das so schnell Ruhe in den Magen bringt wie dieser Wundertrank – in den Magen und ins Denken.

Kurven, Mumien und wahre Eleganz

Isidor schlürft, ja schlürft, gerade den letzten Schluck seines wie immer unverdünnt und ohne Eis genossenen Aperitifs, als die Hutterer im silbernen Coupé vorfahren, einem Jaguar XK. Da ist sich Isidor für einen Moment nicht mehr ganz so sicher, ob er den guten Oswald nicht doch beneiden soll, denn, Himmelfix, wenn Isidor einem Auto verfallen könnte, dann diesem Jaguar! Jaguar! Angefangen beim legendären E-type, mit dem schon George Best die Weiber reihenweise abgeschleppt hat, Weiber oder Whiskyflaschen. Der legendäre George Best von Manchester United natürlich, 1960er Jahre, gegen den selbst Beckham ein blasser Regionalligakicker ist. Aber was soll's. Der Oswald ist und bleibt ein armes Schwein (*Was gesagt werden kann, kann klar gesagt werden:* Der Pernodtrinker weiß es!). Oswalds resigniertes Schweigen ist – zumindest für Isidor – an und für sich kein Problem. Es fällt nur auf – und ins Gewicht –, weil es den grenzenlosen Raum für Mathildes Geplapper öffnet. Munter und erwartungsvoll setzt man sich zu Tisch. Es hätte der im Nachhinein betrachtet grob fahrlässigen, nur allzu höflichen Isidorschen Frage nach der Herkunft von Mathildes satter Bräune im Gesicht und auf den generös präsentierten Armen und Schultern, das allen Anti-Aging-Treatments trotzende Dekolleté nicht zu vergessen, nicht bedurft, um ihren Bericht von der jüngst absolvierten Mittelmeer-Schnupperkreuzfahrt zwischen Venedig und Mallorca zu starten. Jetzt aber legt sie gänzlich enthemmt los und im wahrlich ozeanischen Gewoge ihrer

Worte geht nicht nur Rösles deliziöses Osso-buco samt köstlich-crèmiger Rosmarinpolenta beinahe sang- und klanglos unter. Der einzige Vorteil von Mathildes Redefluss besteht darin, dass er, einmal in Fahrt gebracht, keinerlei externer Stimuli mehr bedarf. Mathilde funktioniert bzw. monologisiert, agiert sozusagen als Konversations-perpetuum-mobile. Kein Vorteil ohne Nachteil: in diesem Fall ohne viele Nachteile.

Allein schon die Schilderung der fünf täglichen Mahlzeiten – multipliziert mit den fünf Tagen auf hoher See – samt dazugehörigem Aufwand an Gucci-, Armani- und Vuitton-Krimskrams trägt die kleine Gesellschaft weit über den Hauptgang hinaus. Zwischen zwei Bissen setzt Mathilde zur inbrünstigen Beschreibung der vielköpfigen Brigade der George-Clooney-Klons von Kellnern, Barkeepern und Etagenboys bzw. Robert-Redford-Remakes an bordeigenen Fitness-, Mental- und Personality-Trainern an. Wenigstens ihr Männerideal schlägt mühelos die Brücke zwischen den Jahrzehnten, resümiert Ibele mit einer gewissen Anerkennung. Oswald lässt sich inzwischen widerspruchslos eine zweite Portion Fleisch nachlegen sowie ein drittes Glas vom kräftigen (selbst mitgebrachten) Brunello einschenken. Nach einem langen Schluck widmet er sich dem Fleisch- und Knochenstück mit der Konzentration und Präzision eines Herzchirurgen. Oder sind es doch eher die blitzschnellen Handgriffe, mit denen ein Metzger das eben geschlachtete Schwein zerlegt?

Ibele ergreift beherzt die erste nennenswerte Atempause Mathildes, um sich unmittelbar nach dem Kaffee – rein dienstlich natürlich – in sein kleines, schattiges, dezent nach Lavendel duftendes Kabinett zurückzuziehen, wo er ein viertelstündiges Nickerchen absolviert. Aus dem bunten Gewirr von Traumbildern, die bald sein Denken überlagern, steht neben all den goldbetressten Hochseekapitänen, Luxuslimousinen, einer rätselhaften Dame in Rosa und Haute-cuisine-Gerichten nach dem jähen Erwachen nur eines klar vor ihm. Das ist der Seppl mit der auf der Unterlippe klebenden Tabakpfeife, dem groben Besen in der Hand und einem abgewetzten Hut auf dem Kopf.

Mit der Bitte, abends nicht mit dem Essen auf ihn zu warten – es ist ja noch von der hausgemachten Schweinshaxensulz im Kühlschrank, die wird er dann zum Nachtmahl verspeisen –, verabschiedet sich Isidor mit derselben Zärtlichkeit wie vor fünfundzwanzig Jahren von seinem Rösle. Dass sich Oswald ob so viel ehelicher Harmonie fast in seinem Fruchtsalat verkriecht, ist nicht sein Problem, sagt sich Isidor. Dann nimmt er wieder den Weg an seinem ehemaligen Gymnasium vorbei durch den schattigen Park hinunter ins Kommando. Dort versorgt er erst einmal das Fräulein Hagen mit reichlich Recherchearbeit im Archiv: Zeitungsberichte zum Alma-Rapp-Transfer, Strafregisterauszüge, Täterprofile, Protokolle ähnlich gelagerter Gewalttaten. Möge die miefige Kellerluft der schönen Antoinette eine ordentliche Prise heilsamen Reizentzugs verschaffen! Inzwischen holt sich Ibele bei seinem Polizeischulbusenfreund Tschirf von der Verkehrsabteilung einen Marschbefehl für eines der großen neuen BMW-Motorräder. Eine 1200er Tourenmaschine mit fulminanten 110 PS, ein ziviles Modell in unauffällig-eleganter dunkelblauer Lackierung, ein, nein, *das* Traum-Motorrad. Er schlüpft in Harry Tschirfs Lederklamotten, auch wenn die um die Hüfte herum schon da und dort ein wenig spannen und zwicken, und düst los.

Rein ermittlungstechnisch wäre der Umweg über den Vorderwald inklusive Sulzberger Sonnenbalkon vielleicht nicht zu rechtfertigen, aber in Inspektor Ibeles um eine psychologische, sozusagen holistische Dimension erweiterten Dienstauffassung ist er an einem Tag wie dem heutigen praktisch Pflicht. Die Heuernte ist nach den vergangenen Regentagen und dem für die Bauern noch immer mehr oder weniger sakrosankten Wochenende nun in vollem Gang. Überall sausen sie mit ihren riesigen Traktoren über die Felder, um das Gras ein letztes Mal zu wenden oder da und dort schon das trockene Heu in die gewaltigen Ladewagen zu pressen. Ibele schwebt wie durch ein Heuluftduftbad und ganz von selbst legen sich seine Gedanken fein säuberlich nebeneinander wie die Heumahden auf den Wiesen. Nur die schneidigen Jungbäuerinnen, die im luftigen Sommerkleidchen oder im kessen Bikini wie eh und je die schweren Rechen über die Wiesen ziehen und so Ordnung machen zwischen den Mahden, die fehlen vorläufig in Ibeles Denkwelt. Allerdings ist allein schon das Gefühl der Schwerelosigkeit und Entrücktheit, das sich im Inspektor auf dem leise und gemütlich vor sich hinbrummelnden Motorrad wohlig ausbreitet, reichliche Labung für sein Gemüt. Ja, die Käserebellen, so nennt sich der Verbund der hiesigen Landwirte, die Käserebellen leisten ganze Arbeit. Ibele weiß, wovon er spricht, ist er doch regelmäßiger Gast bei Fredi, dem selbsternannten Käsepapst unten in der Stadt, der nicht nur französischen Bleu d'Auvergne, Saint-Nectaire oder Fourme d'Ambert, sondern auch den einheimischen Käse aus den verschiedenen Talschaften des Ländles kenntnisreich lagert und wortgewaltig an die betuchte Kundschaft bringt.

Tobelab und tobelauf swingt Ibele auf seinem Tourentraum am Riefensberger Golfpark vorbei auf die erhaben am Horizont thronende Mittagsspitze zu. Eigentlich kaum zu glauben, dass sich in dieser lieblich geschwungenen, beinahe schon toskanisch angehauchten Landschaft noch ganz andere, tiefe und grausig-menschliche Abgründe auftun sollen. Solche, die sich durch keine noch so kühnen Betonkonstruktionen oder altehrwürdigen Holzbrücken überwinden lassen. Als der Hittisauer Kirchturm von weitem ins Blickfeld rückt, verspürt Ibele deutlich und unwiderstehlich die Signale des gastronomischen Imperativs in seinem Magen. Zwei Mal links abbiegen und schon glänzt vor dem Hintergrund des hellblauen Himmels die am sonnenverbrannten Schindelkleid eines imposanten Gebäudes befestigte goldene Krone. Ibele parkt sein Motorrad vor einer der bunten Blumenkisten am Dorfbrunnen und betritt durch zwei lautlos sich öffnende Glastüren den hellen Stiegenaufgang der *Krone*, einem seiner erklärten Lieblingsgasthöfe. Das Mittagsgeschäft scheint gelaufen zu sein, vereinzelt sitzen kleine Gesellschaften oder Paare bei Dessert und Kaffee. Ibele steuert auf die geräumige Terrasse zu. Ein anerkennender Genießerblick gilt dem kunstvoll in die Wand eingelassenen Weinschrank aus Glas und Metall und seinem erlesenen Sortiment. In vino veritas. Des Handwerks goldener Boden leuchtet hier gänzlich unverfälscht. Die Zeit, sieht Ibele auf seiner alten Armbanduhr, eines der ersten Geschenke von Rösle, reicht noch leicht für einen Espresso, um diese Tageszeit des Inspektors absolutes Lieblingsgetränk.

Die Terrasse, eigentlich ein Balkon, ist bis auf einen Tisch leer. Das freut ihn, denn dies ist an solchen Tagen ein magisch verzauberter Ort. Das Dorf liegt in der flimmernden Mittagshitze still und wie menschenleer, nur dann und wann rauscht ein Traktor vorbei. Der Dorfbrunnen plätschert vierstrahlig munter in seinen denkmalgeschützten runden eisernen Trog. Ein einzelner verspäteter Gourmet, unter dessen Tisch sich träge ein großer schwarzer Hund räkelt, filetiert konzentriert eine gebratene Forelle. Ibele setzt sich ans schattige Ost-Ende der Terrasse; vor ihm liegt der sauber aufgeräumte Dorfplatz, die große Kirche mit dem in der Sonne blitzenden verkupferten Zwiebelturm, dahinter die behäbige Pyramide der Winterstaude, linkerhand der langgezogene und dunkelgrün bewaldete Rücken des Hittisbergs. Der Inspektor schließt die Augen und überlässt sich für einen Moment der paradiesischen Ruhe um ihn herum. Eine sonore Bassstimme fügt sich diskret und harmonisch in Ibeles meditative Versenkung.

»Womit kann ich dem Herrn dienen?«

Vor Ibele steht wider Erwarten nicht eine der so überaus kompetenten hübschen Damen, die er von seinen Besuchen in dem gastlichen Haus kennt. Es ist ein jüngerer Mann, es muss wohl der Kellner sein oder das Hausfaktotum vielleicht. Seine bloße Erscheinung, sein saloppes und zugleich dezentes Auftreten tragen nicht wenig dazu bei, den Eindruck der stillstehenden Zeit, wie er sich in Ibele breit macht, zu verstärken. Auf dem sorgfältig rasierten Gesicht liegt ein Ausdruck spürbaren Wohlwollens sich selbst und seiner Umgebung gegenüber. Von Selbstgefälligkeit ist das ebenso weit entfernt wie von jeder allzu leicht durchschaubaren falschen Unterwürfigkeit. Eine frappierende Ähnlichkeit mit dem jungen monegassischen Fürsten stellt Ibele fest, nur deutlich frischer ist der hier, oder, um Ibeles lebhafte Empfindung aufzugreifen: sympathischer.

»Einen Espresso bitte, einen doppelten«, bestellt Ibele und blickt dabei in ein paar helle Augen.

»Sehr schön, bitte gern!« Der junge Mann scheint sich über die Bestellung zu freuen.

Inspektor Ibele hat bis heute nicht gewusst, dass man ein kleines Tablett mit einem Tässchen Kaffee und einem Glas Wasser darauf mit so viel Eleganz, Bestimmtheit und Demut gleichzeitig auf einem Tisch abstellen kann.

»Bitte schön, ein doppelter Mokka«, intoniert der Bass.

Ibele dankt, bittet gleich um die Rechnung und nimmt einen Schluck des heißen, starken Getränks.

»Das macht 3 Euro 20, der Herr«, lässt sich der freundliche Ober vernehmen und die Aufforderung, auf den gereichten Fünfer noch einen Euro zu retournieren, quittiert er mit einem »Vielen Dank, der Herr, sehr freundlich, und eine schöne Fahrt wünsche ich noch: Sie haben da unten ja ein schönes Motorrad!« Ibele vermöchte nicht genau zu sagen, woher das kommt, aber er trinkt den letzten Schluck seines Kaffees mit einem tiefen Gefühl des Glaubens an das Schöne im Leben und das Gute im Menschen. Wie macht das der Kerl? Oder hat Ibele einen Hauch von Ironie übersehen? Jene fast unmerkliche Distanz zur Realität, die das wahre Spiel auszeichnet?

Noch einen letzten Zwischenstopp legt Ibele ein. Das winzige Kirchlein in Reuthe hat es ihm seit langem angetan. Ein idyllischer Ort, umgeben von dichtem Tannenwald, davor ein stiller kleiner Friedhof, kunstvoll geschmiedete Kreuze, bunte Blumen, mitten drin das unvermeidliche Kriegerdenkmal. »Den gefallenen Söhnen der Gemeinde«. Wenigstens für einmal nicht »den Helden«. Ibele liest nachdenklich die lange Reihe der eingemeißelten Namen, die Geburts- und Sterbedaten. Diese Zeile lässt ihn die Fäuste ballen vor Zorn: »Ehrenfried Greußing, 10. 2. 1923 – 10. 2. 1943. Russland«. Der war gerade einmal zwanzig Jahre jung! Und exakt an seinem 20. Geburtstag ist der arme Tropf gefallen. In Russland: Bei dem Datum heißt das wahrscheinlich nichts anderes als: Stalingrad. *Die Hölle von Stalingrad.* Am 20. Geburtstag gestorben, eingekesselt, verraten und verkauft, erfroren oder verhungert. Verreckt. Was für ein Geburtstag! Schrecklich! Noch eine Eintragung fällt ihm auf, als Todesdatum wird der 8. Juni 1944 angeführt, und: Frankreich. Das war dann also die nächste Wahnsinnsschlacht in diesem sinnlosen Krieg, die Schlacht in der Normandie. Ibele kennt die riesigen Soldatenfriedhöfe am Meer, zehntausende weiße Kreuze in Reih und Glied auf bestens gepflegtem grünem Rasen; er kennt die endlosen Landungsstrände der Alliierten am Ärmelkanal: Utah-, Omaha- oder Gold-Beach, klangvolle Namen für ein unmenschliches Gemetzel. Niemand wird ihm je begreiflich machen können, was ein Reuthener Bursch dort verloren gehabt hat. Ob Stalingrad oder Normandie spielt keine Rolle. Ibele kann und will diesen Irrsinn einfach nicht verstehen. Er zündet eine Kerze an in der Kirche, sitzt ein paar Minuten im kühlen Halbdunkel, um sich wieder zu beruhigen. Gegen die Wunden, die dieser Krieg für immer geschlagen hat, ist das, was ihn hierher führt, schon wieder fast eine Kinderei. Und doch ernst genug.

Der einige hundert Meter senkrecht aufragenden Kanisfluh entlang legt er gemächlich die letzten zwei, drei Kilometer zum Kurhotel zurück. Die groß gewachsene, dralle und rotbackige, sehr junge Rezeptionistin in der leicht überdimensionierten und zu dieser Stunde beinahe menschenleeren Halle im Kurbad mustert den zielstrebig auf sie zusteuernden Ankömmling vorerst etwas ratlos. Hierher kommen normalerweise Kurgäste zur Erholung, die erkennt man auf den ersten Blick. Meist sind sie alt, gebrechlich und sichtbar krank; oder sie sind jung und schön und buchen ein Merry-Moor-Package für Jungvermählte zur Behandlung unerfüllter Kinderwünsche oder, wenn's dann funktioniert hat, ein Pre-Birth-Wellness-Package; oder es geht um das beliebte Rücken- und Venen-Paket. All das scheint auf den noch ganz rüstigen Brummbär in seiner schneidigen schwarzen Lederkluft nicht so richtig zuzutreffen.

»Guten Tag! Was können wir für Sie tun?«, lächelt ihn die Dame freundlich an.

»Ich bin Inspektor Ibele von der Kripo Bregenz, Fräulein, … Fräulein Melanie.« Den Namen liest Ibele von dem kleinen, am leuchtend hellblau-gelben Dirndl befestigten Kärtchen ab. Es ist ein Grund mehr, etwas länger als vorgesehen oder schicklich bei der Musterung des ausgesprochen einladenden Dekolletés zu verweilen. Was Ibele fasziniert, ist nicht allein der zugegebenermaßen bestens in Form und zur Wirkung gebrachte reichliche Inhalt, ihn fasziniert außerdem die Faszination, die dieser so verheißungsvolle und andererseits so profane Anblick immer wieder auf seinesgleichen ausübt. Nicht so sehr die banale Wirklichkeit der Materie hat es ihm angetan, als vielmehr ihre Möglichkeiten. Denn was ist Schönheit anderes, als ein Versprechen von Glück? Man nennt ihn nicht von ungefähr den Philosophen: kommandierender Philosoph, denkt Ibele und schmunzelt dem Fräulein einladend zu, was dieses wiederum voreilig als Lohn der eigenen wohldosierten Freundlichkeit interpretiert.

»Ah, Herr Inspektor, Sie haben angerufen wegen der Ingeborg, ich hole sie gleich.«

»Ja, die Frau Rafreider, Frau Dr. Rafreider«, erwidert Ibele. Der »Doktor« trägt ihm über Fräulein Melanies Schulter hinweg einen ungläubig-spöttischen Blick ein.

Ob er sich die Zeit, eine knappe Viertelstunde würde es noch dauern, mit einer Tasse Kaffee vertreiben möchte? Das möchte er gern und ein Stück von der hausgemachten Erdbeertorte darf es bitte auch sein. Köstlich schmeckt das alles! Ibele sinkt weit in den tiefen Lederfauteuil und überlässt sich der Noblesse und Weltentrücktheit der riesigen Halle.

Plötzlich reißt ihn eine schrille Stimme aus seinen Träumereien.

»Herr Inspektor?« Vor Ibele steht eine Erscheinung, die auf den ersten Blick kaum zu taxieren ist. Ärztin? Bademeisterin? Masseurin?

»Frau Rafreider?« Ibele erhebt sich umständlich aus dem Fauteuil. »Inspektor Ibele, Kripo Bregenz. Ich darf Ihnen ein paar Fragen zu Ihrem Ex-Mann stellen?«

»Schießen Sie los, Inspektor, und hurtig, wenn ich bitten darf! Ich muss nämlich gleich wieder hinunter, sonst wird mir die werdende Mutti in ihrer Moorpackung noch zur Mumie, hahaha!« Frau Rafreider scheint von unverwüstlichem Humor zu sein. Die Trauerarbeit nach dem Tod ihres Ex-Gatten hat sie offenbar rasch und erfolgreich absolviert.

»Haben Sie noch Kontakt zu Ihrem Mann, Ex-Mann, gehabt?«

»Nur sehr selten. Vor drei Jahren war ich zum letzten Mal bei ihm, es ging um irgendwelche Dokumente. Danach bin ich ihm höchstens zufällig begegnet, beim Einkaufen vielleicht ein paar Mal. Sie wissen ja, die Welt ist klein.«

»Das Haus, in dem sie wohnen, gehörte nach wie vor ihm? Und wem gehört es jetzt, da er tot ist? Seinem Sohn vielleicht? Müssen Sie womöglich ausziehen?«

»Das will ich nicht hoffen! Und der Herr Pariser soll sich schleichen. Er hat sich noch nie um die Angelegenheiten seines Vaters gekümmert! Das Haus geht ihn nichts an!«

»Frau Rafreider, wo waren Sie und ihr Mann denn am letzten Freitag?«

»Warum am Freitag ...? Ach so! Aber Herr Inspektor! Wir waren ..., wir waren am Gardasee zum Surfen, mein Jonny und ich.«

»Am Gardasee! Sie können mir da sicher eine Hotelquittung oder ähnliches zufaxen, aber bitte heute noch!« Ibele mustert die lasziv im schwarzen Lederfauteuil sich räkelnde Dame genauer: die eng anliegende, strahlend weiße Arbeitskluft, die sie trägt, eine knielange Hose und eine ärmellose Tunika, konkurriert mehr mit den feuerrot bemalten Finger- und Zehennägeln, als dass sie mit ihnen harmonieren würde. Er schätzt die Dame auf knapp Mitte vierzig, gut erhalten, wie Albrecht sagen würde. Für Ibeles Geschmack mindestens eine Spur zu sehr aufgedonnert und um Wirkung bedacht, erotisierende Wirkung natürlich. Viel versteht er ja nicht von der Schminkerei und so, zugegeben, aber dass sein Rösle eine Augenweide ist, ohne dass ihr Gesicht an einen grellbunten Lampion erinnert und sie sich benimmt wie eine von diesen Jetset-Party-Zicken, das weiß er!

»Eine Frage, Frau Rafreider, Ihr Mann und Ihr Ex-Mann, haben sich die gekannt?«

»Also gekannt, nein, gekannt haben sie sich nicht, nicht direkt.«

»Haben sie sich gekannt oder nicht gekannt? Oder vielleicht nur nicht gemocht?« Diese Frau macht Ibele nervös.

»Sie haben sich nicht gekannt, und, ehrlich, wenn sie sich gekannt hätten, hätten sie sich nicht gemocht! Mein Jonny mag keine anderen Männer. Er ist ein bisschen ...«

»Ein bisschen eifersüchtig? Ja? Und ein bisschen cholerisch vielleicht?«

»Es ist halb vier, Inspektor, kann ich gehen? Sie wissen: die Mumie wartet!«

»Gehen Sie, und vergessen Sie die Quittung nicht.«

Die Rafreider schält sich umständlich aus dem Sessel und zieht wiegenden Schrittes ab. Ibele schaut ihr lange nach. Keine Sorge, die erweckt jede Mumie zum Leben!, denkt er sich kopfschüttelnd und unterdrückt ein Gähnen. Ibele bezahlt bei Melanie seine kleine Rechnung. Auf ihrem Gesicht erscheint wieder dieses nicht unsympathische Lächeln, von dem aber kaum zu sagen ist, ob es Ibele gilt oder irgendeinem der mächtigen, dunkel gebeizten Holzbalken an der eher niedrigen Decke der Halle. Allerdings ist sich Melanie ihrerseits auch nicht wirklich sicher, ob sich der Herr nun von ihr verabschiedet hat, oder von ihrem Namensschildchen.

Hormone, Hausbesuche und Debreciner

In Bersbuch überquert ein Museumszug des Wälderbähnles die Straße und zwingt Ibele zu einem kurzen Stopp. Dann biegt Ibele nach links ab und nimmt den Weg über den Losenpass. Nicht zuletzt dem malerischen Ortskern von Schwarzenberg und einigen sentimentalen Erinnerungen zuliebe. Das alte hölzerne Tanzhaus, der Brunnen mit dem glasklaren Wasser vor der berühmten Kirche und besonders die beiden prachtvollen Gasthöfe haben es ihm angetan. Der reich verzierte barocke Holzbau des *Hirschen* mit dem überreichen Blumenschmuck und nebenan der *Adler* mit seiner ochsenblutgefärbten Fassade. Nicht ohne Herzklopfen erinnert sich Ibele immer wieder an das einst dort abgehaltene Hochzeitsmahl. Wenn außer seinem Rösle jemand weiß, wie man Innereien zubereitet, wie man eine Leber röstet, wie man fachmännisch einem Fisch zu Leibe rückt oder dass Ravioli, vor allem gefüllt mit Kalbskopf, Kürbis oder Alpenlachs, alles andere sind als ein Arme-Leute-Essen, dann ist es dieser Engelbert im Adler! Das ist der wahre Meister der viel beschworenen regionalen Küche!

Fast schon eine Spur zu übermütig zieht Ibele mit dem wie auf unsichtbaren Schienen gleitenden Motorrad zügig die langgezogenen Kehren zum Bödele hinauf, gleichzeitig fasziniert von der überwältigenden Kraft der Maschine und von der endlosen Aussicht auf die in der grünen Hügellandschaft wie Spielzeug verstreuten Dörfer des Vorder- und Mittelwalds. Auf der Passhöhe angelangt, hält Ibele an und genehmigt sich eine Gauloise. Sein Blick schweift weit in die Bergwelt und verliert sich unversehens in den Untiefen der menschlichen Seele. Trotz des fantastischen Panoramas verlassen seine Gedanken die dienstlichen Pfade nicht ganz. Auch wenn ihr Alibi wahrscheinlich nichts wert ist, die Rafreiderin gibt kaum etwas her. Zumindest kriminalistisch nicht. Einem Grünschnabel wie dem Albrecht könnte sie vielleicht ein kleines hormonell-libidinöses Zwischenhoch bescheren. Die Fahrt hinunter nach Dornbirn öffnet den großartigen Blick über den glitzernden Bodensee nach Westen. Routiniert treibt Ibele die schwere BMW in kühner Schräglage durch die Kurven und lässt die schneebedeckten Schweizer Berge Karussell fahren.

Zurück in Bregenz setzt er sich an seinen Schreibtisch, holt ein Mineralwasser aus dem Kühlschrank, Kaffee trinkt er im Büro nie. Dann versucht er, wieder Ordnung in seine Gedanken zu bringen. Die Rafreider ist also zwar eine ziemlich ordinäre Person, aber Mörderin eher nicht. Und ihr Jonny? Auch er, wie man so hört, eher ein Krachmacher, Wichtigtuer und Hinterhofcasanova als ein Gewalttäter. Mal sehen, was da für ein Alibi kommt, und was für ein Doktor das sein soll! Warum bewegt sich der Albrecht eigentlich nicht aus seinem Büro heraus? Ein gelbes Notizzettelchen, vollgekritzelt mit Hagens krakeliger Schülerschrift, klebt an Ibeles Telefonapparat: »Anruf Lässer junior. Er sitzt noch in Ohrli fest wegen Terohralarm, kommt morgen früh nach Friedrichshafen und dann gleich ins Kommando.« Die Hagen! Man sieht's an der Orthografie. Und wo ist sie überhaupt? Schon weg? Es ist kurz vor fünf Uhr nachmittags, der pressiert es aber heute! Ibele geht zum Fenster, da sieht er sie eben unten über den Hof stelzen. Sie bezieht trippelnd wie ein auf den Auftritt wartendes Zirkuspferdchen Stellung an der Einfahrt, scheint nach jemandem Ausschau zu halten. Da fährt auch schon laut röhrend ein weißes Cabrio heran. Am Steuer sitzt ein auf Latin Lover gestylter Jüngling in weißem Hemd und weißer Hose, dazu eine verkehrt aufgesetzte Baseballmütze und eine Sonnenbrille à la Robert de Niro in *Taxi Driver*. Antoinette klettert unter heftigem Gezupfe in den Wagen, aber es ist alles umsonst, noch bevor sie in den roten Ledersitz sinkt, verrutscht das knappe Röckchen hoffnungslos und reicht hinten und vorne nicht mehr. Der Kerl nimmt's extrem gelassen, ja man fragt sich, ob er überhaupt etwas merkt, ob es ihn interessiert! Ein flüchtiger spitzlippiger Kuss wird gewechselt – einer, mit dem sich sein Rösle nie im Leben und bei keiner noch so beiläufigen Gelegenheit zufriedengeben würde, Ibele genauso wenig. Mit quietschenden Reifen braust man davon. Das können sie, die Büblein. Soll das vielleicht Liebe sein?! Oh Antoinette! Es gibt tausend Arten, den Kopf zu verlieren!

Ibele geht hinüber zu Albrecht. Der sitzt tief über ein paar Bogen Papier gebeugt, schaut kaum auf, murmelt ein fast unhörbares »Inspektor?« in sein modisches blondes Kinnbärtchen.

»Was gibt es Neues, Herr Aspirant?«

»Wenig Neues gibt es, Herr Chef, aber das Alte ist dafür sehr interessant!« Albrecht hat offensichtlich nebst einem dezenten Hang zu einem etwas hölzernen Zynismus eine gewisse Affinität zu Ibeles philosophischer Ader. »Ich habe mir zuerst beim Wohlgenannt in Dornbirn die schwedischen Äxte zeigen lassen: Wenn du so eine Axt in der Hand hast, Inspektor, dann bist du ein anderer Mensch! Das ist ein irres Feeling, ein echtes Killer-Feeling. Wie Bruce Willis in *Stirb langsam 4.0* bin ich mir vorgekommen mit dem Ding.« Ob er den Film gesehen habe, fragt Albrecht seinen Chef zweifelnd und schaut ihn auf eine etwas überhebliche Art mitleidig an.

Ibele kennt den Film erwartungs- und naturgemäß nicht, und er kennt auch keinen Bruce Willis. Nach Albrechts Schilderung stellt er ihn sich allerdings als eine Art Old Shatterhand auf Kriegspfad vor. Oder gleich als Marlon Brando, denn für Ibele ist die Kinogeschichte vor gut zwei Jahrzehnten stehen geblieben, oder wahrscheinlich schon vor drei, so um das Jahr 1979 herum, genauer gesagt bei *Apocalypse now*. Was danach auf die Leinwand kam, ist für Ibele kaum mehr der Rede wert. James Bond? Ein matter Abglanz! Die Hysterie um die paar Sekunden im neuesten James-Bond-Streifen, die auf der Bregenzer Seebühne gedreht wurden, hat Ibele nie verstanden. Aber wie sie alle hingerannt sind! Und wem hat der Film wirklich gefallen!? Übrigens, seit das anstelle der längst verschwundenen Forster-Brauerei gebaute Kino, Tonfilm-Theater hatte es sich selbstbewusst genannt, vor etlichen Jahren abgerissen wurde, ist der Kinostern für Ibele arg verblasst. Das *Forster-Kino* mit seinen spinnwebenverhangenen Polstersesseln, Original-Rumkokos von Casali und die Streifen von »Aktion der Gute Film«: Das war Ibeles glückliche Kino-Sozialisation gewesen und er möchte nichts davon missen! Keine dreihundert Meter von seinem Elternhaus entfernt gelegen, ersetzte ihm das *Forster* den Fernsehapparat und einiges mehr an elektronischem Spielzeug, das heute die Kinderzimmer überschwemmt. Aber es nützt nichts: Diese Zeiten sind vorbei. Game over.

»Kauft denn jemand die Dinger?« Der kleine gedankliche Ausflug zu Marlon Brando versetzt den Inspektor in eine sentimentale Stimmung, aus der er nur ungern in die öde Gegenwart zurückkehrt.

»Nicht wirklich viele, denn die Topmodelle sind echt teuer. Im vergangenen Herbst waren ein paar Appenzeller Holzknechte da und haben drei oder vier Stück erworben, im März ein junger Zimmermann aus Warth. Den letzten Kauf gab es vor einem knappen Vierteljahr, kurz nach Ostern ist es gewesen, im April.« Als hätte das nichts zu bedeuten, vertieft sich Albrecht wieder in seine Unterlagen.

»Darf man vielleicht erfahren, wer der Käufer war, Kruzifix Albrecht, ich red mit Dir!«, faucht Ibele ungeduldig.

»Der Käufer, Herr Chefinspektor, der Käufer war ein gewisser Herr Hammerer!« Albrecht schaut den Inspektor nichtssagend an, als hätte er ihm gerade die Uhrzeit gesagt. Entweder blufft Albrecht, oder er hat wirklich keinen Durchblick. Kann er denn so bescheuert sein? Ibele traut seinen Ohren nicht.

»Der, den wir suchen, der ehemalige Alpknecht von Pfingstgunten?«

»Ja«, fährt es jetzt aus Albrecht heraus wie der Korken aus einer Champagnerflasche, »genau der, auch die Adresse auf der Rechnung stimmt mit der seinen überein: Argenzipfel 389 in Au.« Die Welle von Albrechts Triumph bricht über Ibele zusammen und lässt den Inspektor dastehen wie einen begossenen Pudel.

»Na, bravo, gratuliere! Dann klemm dich nur schön hinter die Fahndung, Albrecht, schau dass das weitergeht! Man soll das verfluchte Bauderschwanger Tal absuchen, alle Alp- und Vorsäßhütten auf den Kopf stellen, irgendwo muss der Mensch doch stecken! Und sorg dafür, dass ein Foto in die Abendnachrichten im Fernsehen kommt und morgen in den *Boten*! Weiß der General Bescheid?«

»Ja, er hat mich grad erwischt, als ich zurückgekommen bin.«

»Na super, Herrgottzack. Dass der immer da sein muss, wo man ihn nicht braucht. Und was gibt es Neues von der Lässer-und-Alma-Geschichte?«

»Das schaue ich mir da gerade an.« Albrecht hebt wichtigtuerisch einen dünnen Stapel gelblicher Blätter in die Höhe. Er sieht seine Stunde gekommen. »Das ist Lässers Personalakte. Was denen aufgefallen ist: Der Lässer hat sich bei der Rapp-Übernahme nicht einmal ein Viertel seiner ursprünglichen Alma-Anteile auszahlen lassen. Den Rest will er an seine Neffen und Nichten verschenkt haben. Da geht es um eine ganz schöne Summe, fast vierzigtausend Euro.«

»Also müssten da noch etliche solcher Alma-Anteile irgendwo herumliegen? Vielleicht bei der Ex-Frau? Himmelfix, geht mir die auf die Nerven! Los, Albrecht, nimm einen Kollegen vom Egger Posten mit, fahr zu der nach Hause und lass dir das alles erklären. Auch das Alibi für den Freitag: Sie will da am Gardasee gewesen sein. Wenn sie Quatsch erzählt, bringst du sie hierher, und zwar samt ihrem Herrn Doktor. Jetzt kannst du sie dir ja doch noch vorknöpfen!« Auf Albrechts Gesicht zeichnet sich ein Lächeln ab, das für Ibele ein gutes Stück jenseits rein dienstlicher Befriedigung zu liegen scheint. Was hat der dumme Bub nur mit dieser Rafreiderin? Einen Obelixkomplex vielleicht? Echt aber auch! Ibele weiß natürlich, dass es Ödipuskomplex heißen muss, aber mit ein wenig Spaß ist das psychologische Zeug weit besser zu ertragen: Grad weil's so verdammt wahr ist! Sollte man etwa den Herrn Hallmüller auf Albrecht ansetzen? Na, so bös wird es nicht sein!

Das anschließende Gespräch mit dem General gestaltet sich für Ibele wie befürchtet wenig erquicklich. Der hohe Herr sitzt in seinem riesigen schwarzledernen Bürosessel. Der annähernd doppelbettgroße Mahagoni-Schreibtisch ist leergeräumt bis auf ein goldgerahmtes Foto und eine teure Füllfeder samt dekorativem Tintenfass. Der General trägt ein schwarzes Uniformhemd, die leichte Sommervariante mit vier Reihen bunter Ordensspangen auf der Brust, dazu eine schwarze Krawatte. Ibele mag die Schwarzhemderei nicht. Überhaupt erinnert ihn die ganze Szene unangenehm an Charlie Chaplins *Großen Diktator* und an dessen reale Vorbilder in der jüngeren Geschichte, alle miteinander leider weit mehr als bloße Witzfiguren.

Für den General ist der Fall sonnenklar. Ein Mord, ein Verdächtiger samt Motiv, eine Waffe und ein passendes Gutachten vom Doktor Hallmüller. Man braucht nur noch diesen Hammerer zu finden, was doch nicht so schwer sein kann, wie der General süffisant anmerkt, und dann soll die Presse kommen. Beim Stichwort Presse springt der General wie von der Tarantel gestochen auf, um seine Uniformjacke von der in der Zimmerecke stehenden Kleiderpuppe herunterzunehmen. Ibele darf ihm beim Anziehen helfen, welch eine Ehre. Feines Tuch, ein dunkles Ultramarinblau, der weit übers Gesäß gezogene Schnitt ist ähnlich der einer k.u.k. Bahnhofvorstands-Uniform, selbstverständlich wieder ordensgeschmückt, große goldene Kragenbesätze. Wumm, knallt sich der General die Mütze auf den Kopf, die ihn noch einmal gut zehn Zentimeter größer macht. Im Verband mit dem grauen Stoppelbart, der Backen und Kinn bedeckt, glaubt Ibele definitiv einen verschlafenen Eisenbahnbeamten aus der hintersten Provinz der längst untergegangenen Donau-Monarchie vor sich zu sehen. Fehlt nur noch das von Fliegenschissen übersäte Kaiser-Portrait an der Wand und die rot-grüne oder schwarz-gelbe Kelle.

Der General telefoniert nervös nach seinem Chauffeur und drängt Ibele sanft zum Ausgang. Der Inspektor versucht vergeblich, seinen Einwänden Gehör zu verschaffen. Warum soll sich der Hammerer nach zehn Jahren rächen? Ja, die Axt. Aber weder ist sie das einzig mögliche Tatwerkzeug, jedes bessere Buschmesser hätte diesen Dienst auch erfüllt; noch ist, wenn schon, denn schon, der Hammerer alleiniger Besitzer eines solchen Geräts. Dem Rachemotiv traut Ibele sowieso nicht ohne weiteres. Vor allem bei einem wie dem Hammerer nicht. Der wartet doch nicht eine halbe Ewigkeit, bis er zuschlägt! Da mag der Herr Obergutachter noch so klug daherreden. Dann stinkt schon eher die Sache mit den verschwundenen und nicht eingelösten Anteilen. Wer hat die? Warum verschenkt der Lässer so viel Geld? Warum überlässt er seiner Exfrau und deren Neo-Gemahl das Haus ohne Miete? Hat er das freiwillig getan? Da steht Ibele aber schon auf dem Gang vor dem Generalsbüro, vom General ist weit und breit keine Spur mehr zu sehen. Die Industriellenvereinigung ruft zu ihrem jährlichen Sommerfest; natürlich darf dabei der Herr General, immer besorgt um die öffentliche Sicherheit, keine Minute verpassen. Klar, oder?

Das Telefon läutet. Albrecht berichtet aus dem fahrenden Auto wirr und hektisch von einem hysterischen Auftritt des Herrn Rafreider. Sie fahren schon durch den Citytunnel, sind in wenigen Minuten im Bregenzer Kommando. Im Hintergrund hört Ibele eine zeternde Frauenstimme.

Er erwartet das Trio in einem kahlen Raum im Erdgeschoss. Das einzige Fenster bietet einen trostlosen Ausblick auf eine heruntergekommene Mietskaserne aus der Zwischenkriegszeit. Daneben ein halb abgerissenes Wohnhaus aus roten Ziegeln. Im Raum selbst ein Holztisch und sechs Stühle. Schmutzigbeiger Anstrich an den schmucklosen Wänden. Über der Tür ein Photo im hellen Holzrahmen, das übliche Bild des Bundespräsidenten. Es ist der vorige, kurz vor der Amtsübergabe an seinen Nachfolger plötzlich verstorbene. Nie sieht Ibele dieses Bild, ohne einen heftigen Anflug von Mitgefühl für den darauf abgelichteten älteren onkelhaften Herrn zu verspüren.

Da führt Albrecht auch schon Lässers Exfrau und ihren Mann herein. Er selbst bleibt neben der Tür stehen, lehnt mit verschränkten Händen lässig an der Wand, den so gar nicht kriminalistischen Blick, wie Ibele missbilligend feststellt, fast unverwandt auf die Rafreider gerichtet. Sie trägt ein knallrotes und hautenges Minikleid, das sie wahrscheinlich für ein Designermodell hält. Dass es bei jeder gröberen Bewegung die Abwesenheit eines BHs verrät, verleiht Albrechts Wahrnehmung zusätzlich eine verhängnisvolle Richtung. Der recht massige Gatte stakst auf ausgetretenen Cowboystiefeln mit einem Rest von Fransenbehang einher, angetan mit einer wahrlich ausgebeulten Jeanshose und einem einst eleganten, nunmehr reichlich mürbe über den breiten Schultern hängenden dunklen Leinen-Sakko. Mürrisch weist Ibele dem Pärchen einen Platz an der Längsseite des Tisches zu, lässt sich die Ausweise geben. Sie zieht einen neuen Reisepass aus den Tiefen der Handtasche, er fingert einen zerfledderten Führerschein aus dem verschwitzten Hemd.

Ingeborg Rafreider, geschiedene Lässer, geborene Hirschbühl, geb. am 22.12.1967 in Schwarzenberg, Physiotherapeutin.

Johann Rafreider, geb. am 1.8.1969 in Dornbirn. Von einem Doktor weit und breit keine Spur. Übrigens ein Führerschein der Klassen A, B, C, D, E und F!

»Also, Frau Rafreider, wie war das mit dem Gardasee?« Ibele geht sofort zur Sache. Wenn schon nicht viel zu holen ist bei den beiden, soll es wenigstens nicht viel Zeit kosten.

»Wissen Sie, Herr Inspektor, das Hotel hat, das heißt, ich ... weil am Freitag, und dann ... Am See war ...«

»Was jetzt? Brauchen Sie ein wenig Hilfe, gnädige Frau?« Der Inspektor mimt den Freundlichen, das ist kein gutes Omen. »Wie hat es denn geheißen, Ihr schönes Hotel, Frau Rafreider?«

»Das war italienisch, glaube ich ... So etwas mit ...« Sie stockt, tupft mit Schweiß und Tränen vermischte Schminke von den Wangen und stopft das schon ganz zerknüllte Spitzentaschentüchlein zurück in ihre goldfarbene Handtasche, die leicht eine mittlere Expeditionsausrüstung aufnehmen könnte. Heftig atmend lehnt sie sich weit über den Tisch, was für Albrecht, der ihren hilfeheischenden Blick mit einem verlegenen

Schulterzucken quittiert, einiges an Einblick zutage fördert. »Wir waren nicht am Gardasee, Herr Inspektor. Ich habe am Wochenende gearbeitet.«

»Gearbeitet! Na gut, und was ist daran so schlimm, dass man zuerst Märchen erzählen muss?«, wundert sich Ibele laut. »Das heißt, Sie waren die ganze Zeit im Kurbad?«

»Nein, nicht direkt im Kurbad. Ich habe nämlich … Ich war … zuhause.« Rafreider verliert plötzlich seine Lässigkeit und starrt seine Frau mit weit offenem Mund an. Seine schrundigen Hände ballen sich zu Fäusten, die Haut spannt sich weiß über den groben Knöcheln.

»Was tust du daheim?«, zischt er sie an. »Was soll das?«

»Ich stelle die Fragen, Herr Rafreider«, fährt ihm Ibele in die Parade.

»Sie waren also zuhause«, wendet er sich an die plötzlich gar nicht mehr kesse Blondine. »Da gibt es doch sicher Zeugen?«

»Zeugen? Nein, … nur … ja, eigentlich schon«, murmelt sie und kramt das Taschentuch wieder hervor.

»Auf die bin ich aber gespannt!«, poltert der falsche Doktor.

»Gespannt bin ich, nämlich darauf, wo Sie am Freitag waren!« Ibeles Zeigefinger fährt wie ein Dart-Pfeil auf Rafreider zu. Der Polterer geht auch sogleich feige in Deckung.

»Ich war unterwegs am Wochenende«, lautet seine wenig präzise Rechtfertigung.

»Unterwegs! Und wo, wenn man den Herrn fragen darf?«, da ist wieder Ibeles Unheil verkündende Freundlichkeit.

»Unterwegs war ich … Mit dem ... Was soll schon gewesen sein? Ich war unterwegs, weil ich ...«

»Rafreider, das Spiel ist aus, mach Schluss mit dem Quatsch, oder ich lass dich ein paar Nächte im Keller schmoren!« Das *du* ist Ibele herausgerutscht und in solchen Fällen eine eindeutige Warnung an den so Angesprochenen. Denn Ibeles echtes *du* will erarbeitet werden. Und das mit dem Schmoren hätte er auch lieber nicht gesagt. Aber war da nicht für Sekundenbruchteile ein winziges nervöses Zucken in Rafreiders zerfurchtem Charles-Bronson-Gesicht mit der verdammt lächerlichen Frisur eines längst aus der Mode gekommenen

Möchtegern-Rockmusikers? Vielleicht die verzweifelte Erinnerung an ein ganz persönliches Waterloo?

»Ich war in Ungarn.«

»Und was hat der Herr Doktor in Ungarn zu tun?« Ibele kocht.

»Ich habe ... Ich bin ... Ich war ... Ich wollte ...«

»Red! Heilandzack! Red endlich! Das ist ja keine Deutschprüfung hier!« Diesen Satz baut Ibele nach Möglichkeit in jedes Verhör ein, ein kleiner privater Spleen. Der Satz war eine Standardfloskel seines ersten Lehroffiziers an der Polizeischule gewesen. Ibele bleibt dem Andenken des kleinen, kugelbäuchigen Herrn mit den zynischen Sprüchen treu, auch wenn der Major später wegen unsauberer Privat- und Geldgeschichten ruhmlos von der Bildfläche verschwunden und vor wenigen Monaten verarmt und verfemt gestorben ist.

»Ich war mit dem LKW in Ungarn, habe dort Käse abgeladen für den Rapp und bin am Samstag mit Debrezinern, Stierblut und Paprika für die Sparzentrale zurückgefahren, das ist alles in meinen Frachtpapieren nachzulesen, Fahrzeiten inklusive.«

»Dann ist der Herr kein Doktor, sondern ein Kraftfahrer, und das beim Rapp!?« Ibele findet nun doch ein wenig Interesse an der Geschichte.

»Der Doktor war die Idee von der Ingeborg. Sie hätt's halt gern.« Wirklich näher kommen sich die beiden durch diese Erklärung augenscheinlich nicht, wenn man dem Blick-Blitz-Gewitter glauben will, das mit einem Schlag über die beiden hereinbricht. Nur der Albrecht schaut noch eine Spur schafsmäßiger zur blonden Puppe hinüber. »Und ich arbeite nicht beim Rapp, ich habe selber einen LKW-Zug, bin Spediteur.« In seiner Stimme liegt genau die richtige Menge Trotz und Eitelkeit, um den Inspektor von seiner Ehrlichkeit zu überzeugen.

Ibele geht zwei Mal langsam um den Tisch herum, die Hände auf dem Rücken ineinandergelegt, halblaut ein paar undeutliche Worte murmelnd. Er bleibt hinter dem Pärchen stehen. Draußen rast mit Folgetonhorn-Geheul ein Einsatzwagen aus der Tiefgarage, gleich darauf folgt ein zweiter. Dann ist es wieder ganz still. In den Fenstern der Mietskaserne spiegelt sich leuchtend rot die Abendsonne. Es müsste schön sein, jetzt am See zu sitzen. Man könnte wieder einmal im *Seehof* ein Glas Bergwein, wie Philipp, der Wirt, seinen feinen Roten nennt, zu sich nehmen, seine großzügig offerierten Erdnüsse knabbern und mit dem nie um ein mehr oder weniger pikantes Histörchen verlegenen Patron humorvolle Belanglosigkeiten austauschen. Man könnte einiges, wenn man die beiden Kasperle da nicht am Hals hätte. Wenigstens scheinen die Alibis hieb- und stichfest zu sein. Inspektor Ibele ist froh, denn die beiden ist er gerne so bald wie möglich los: Diese Möchtegerne sind nicht seine Wellenlänge!

»Du lässt dir die Namen von Frau Rafreiders Kundschaft geben«, weist er Albrecht an, der beim Wort Kundschaft mindestens so verlegen wird wie der Ehemann zappelig, »und überprüfst die Angaben dieses Herrn.« Ibele zeigt auf Rafreider und geht um den Tisch herum, pflanzt sich vor den beiden auf.

»Sie wohnen wirklich ohne Miete in dem Haus von Ihrem Ex-Mann?«, fragt er die Frau.

»Ja, das war bei der Scheidung so abgemacht. Dafür zahlt er uns, äh mir, weniger Unterhalt.«

»Haben Sie eine Ahnung, was aus seinen Alma-Anteilen geworden ist?«

»Alma-Anteile, nein, da habe ich wirklich keine Ahnung, die wird er doch bei der Rapp-Übernahme eingelöst haben wie alle, oder?«

»Und wenn er das nicht hat, wo sind sie dann?«

»Dann kann sie nur sein Sohn haben. Der hat den Vater immer ausgenommen wie eine Weihnachtsgans. Ohne Grund ist der nicht in dieses komische Frankreich gegangen!«

»Wann war das?« Obwohl Lässers Sohn für Ibele in dieser Geschichte gar keinen Platz hat, und ihm Rafreiders abfälliger Ton Frankreich gegenüber nicht gefällt – unwillkürlich tastet er nach seinen Gauloises in der Rocktasche – hat er das Gefühl, hier noch etwas klären zu müssen.

»Das war 1991, zwei Jahre nach unserer Hochzeit. Vater und Sohn haben sich schon damals kaum mehr gesehen. Der Bub war ständig bei einer Ziehmutter irgendwo im Oberland, die hat ihn nach Strich und Faden verwöhnt.«

»Gibt es ein Testament von Lässer?«, wendet sich Ibele an seinen Aspiranten. Der ist so in die Betrachtung des freizügigen Zuschnitts von Rafreiders Kleidchen vertieft, dass Ibele seine Frage wiederholen muss.

»Ob es ein Testament vom Lässer gibt, habe ich gefragt, Herrgottzack, Albrecht, reiß dich zusammen!«

»Von einem Testament habe ich nichts gehört. Ich bin ja nicht der Notar«, erwidert Albrecht beleidigt.

»Wenn du die Angaben der Herrschaften überprüft hast, können sie gehen«, mit diesen Worten öffnet Ibele brüsk die Tür.

»Wie kommen wir jetzt bitte nach Hause?«, fragt Frau Rafreider.

»Ich bringe die Inge ... die Frau Rafreider ...«, versucht es Albrecht.

»Niemand bringt!« Ibele zeigt zum nahen Bahnhof hinüber: »Es geht jede halbe Stunde ein Bus, und das auch noch um diese Zeit! Noch nichts vom neuen Fahrplan gehört? *Der Wald rückt näher!* Und was du bringen kannst, mein lieber Albrecht, ist ein schöner Nachtdienst, der Kuster ist ausgefallen!« Ibele lässt die verdatterte Gesellschaft grußlos sitzen. Zum Glück sieht er die Geste nicht mehr, die ihm der Aspirant nachschickt.

Kopfnuss und Haussulz

»In wessen Nähe einmal ein Mord geschah,
der sollte beständig auf den zweiten vorbereitet sein.«
(Hans Henny Jahnn, *Fluss ohne Ufer*)

Ibele geht nachdenklich hinauf in sein Büro. Er steht am Fenster und schaut über den hässlichen Bahnhof hinweg auf den See hinaus. Eben versinkt rubinrot die Sonne im orange aufleuchtenden Wasser. Schwarz hebt sich das Dreieck eines Segels vom roten Hintergrund ab. Tief in sich verspürt Ibele das erhebende Gefühl, die Welt gehe ihren gerechten Gang, wenigstens im Kleinen, also dort, wo er mit seinen bescheidenen Mitteln und nur allzu begrenzten Fähigkeiten bei halbwegs gutem Willen in den immer rätselhaft bleibenden Weltenlauf einzugreifen vermag. Eine dreiviertel Stunde später sitzt Ibele zuhause und gabelt den ersten Bissen von Rösles köstlicher Schweinshaxensulz aus der Essigmarinade, auf der dunkelgrüne Flecken von Kernöl schwimmen und ein Berg scharfer roter Zwiebeln verstreut ist. Ein Schluck eiskaltes Bier schwemmt die Gedanken von vorhin erneut in seine Gegenwart. Auch wenn wir nicht in der besten aller möglichen Welten leben: Das Gute existiert doch! Und überhaupt: A priori weißt du nichts, aber alles ist da! Aus dem Küchen-Radio ertönt etwas Symphonisches, eine von der Solo-Geige gespielte Melodie trägt Ibele weit fort. Wie klug diese Musik doch ist in ihrer schieren Schönheit! Es handelt sich um Antonin Dvoraks Konzert für Violine und Orchester, op. 53, liest Ibele in der neben dem Radio liegenden Programmzeitung; er wird sich dieses Stück merken müssen. Mit einem Glas vom Selbstgebrannten spült der Inspektor schließlich die letzten Zwiebelringe und kernölgetränkten Brotkrumen hinunter, fährt sich mit der Zunge genüsslich über die fleischigen Lippen, lehnt sich zufrieden zurück.

Da durchkreuzt eine beunruhigende Idee Ibeles satte Zufriedenheit: Was aber wäre, wenn Lässers Ex-Frau mit ihrem Jonny wirklich und wider allen Anschein ... Sie könnten doch ... Diese verflixten Anteile scheinen ein allseits begehrtes Objekt und einiges wert gewesen zu sein. »Isidooor«, Rösles lockende Stimme gurrt aus dem oberen Stock herab und will wissen, wie lange er denn noch zu tafeln gedenke und ob er denn seine Frau überhaupt nicht mehr liebe? Und sie habe gerade im *Kleinen Huber* etwas gefunden, das müsse sie ihm unbedingt sofort zeigen, man könnte doch morgen Mittag ... Ibele trompetet ein tenorales »sohofoort« in Richtung Schlafzimmer, räumt säuberlich die Spuren seines rustikalen Soupers vom Küchentisch und löscht das Licht in der blitzblanken Küche. Die hölzerne Treppe knarrt laut unter seinen schweren Schritten. Die Küchenuhr zeigt 23.03 Uhr. Das Nachdenken vertagt Ibele getrost auf morgen.

***

Zur selben Stunde springt Mag. (FH) Franz Ignaz Jäger leichten Fußes über die paar Stufen hinab, die von seinem Geschäftsführer-Büro in das Erdgeschoss des großen neuen Käsekellers in Lingenau führen. Es hat viel Arbeit gegeben in den letzten Tagen. Übermorgen beginnt das lange erwartete Käse-Genuss-Festival, zu dessen Symposien, Konzerten und Galadiners sich viel Prominenz angesagt hat: Trendige TV-Köche und Gastro-Kritiker aus aller Herren Länder, sogar das Non-plus-ultra der Branche, der große Bertram Seebock, der ihm allerdings in den telefonischen Vorgesprächen einen reichlich schlichten Eindruck gemacht hat, den eines völlig überfressenen Quasselonkels nämlich. Doch was will man machen, Autorität ist Autorität, und die seine ist unbestritten. Dazu kommen ein paar nicht mehr ganz knackfrische, aber dafür bezahlbare Showgrößen und zu guter Letzt die unvermeidlichen lokalen Politik-Adabeis, die hofiert werden wollen. Für den gerade einmal achtundzwanzigjährigen Jäger eine perfekte Gelegenheit, sich ins Rampenlicht zu stellen. Lange genug musste er im Schatten ausharren. Als Käse-Urgestein und echter Self-made-man hat er, der Bauernsohn, sich vom Hütebuben zum Marken-Manager beim Rapp emporgearbeitet. Das Studium der Betriebswirtschaft, das ihn so viele Nächte und Wochenenden gekostet und ihm jede Menge Hohn und Unverständnis seitens der so genannten Freunde eingebracht hat, lohnt und rechnet sich endlich! Jetzt können sie blöd schauen, die Spötter! Der Rapp persönlich hat ihm schließlich gegen einige Konkurrenz den lukrativen Geschäftsführerjob zugeschanzt. Ein paar Mitbewerber und sogar der Favorit des Landesrats blieben mit langen Gesichtern zurück. Im Käsekeller selbst gibt es böse Stimmen, die ihm vorwerfen, sich mehr um die Qualität der eigenen Karriere als um die des Käses zu kümmern. Jäger ist das egal.

Auch von dem schrägen Vogel, dem sie damals vor zwei Jahren kurz vor der Rapp-Übernahme ihre überzähligen Alma-Anteile angedreht haben, wird er sich nicht ins Handwerk pfuschen lassen. Nur die Sache mit dem Lässer gefällt ihm gar nicht. Obwohl, diesen Mord traut er dem Vorderwälder Kauz nicht zu; und man sagt ja, es müsse ein Goliath gewesen sein, der den Lässer so zugerichtet hat. Wie es auch sei: Ihm wird so was nicht passieren! Die peinlichen Auftritte, für die Bechter in der letzten Zeit gesorgt hat, wird er ihm bald einmal für immer abgewöhnen. Er kennt die Schwachstelle dieses Männleins, hat ihm auch schon angedeutet, was passieren könnte, wenn er keine Ruhe gibt. Und wie es ausschaut, wirkt es schon.

Also: Kein Blick zurück! Hinein ins Leben! Außerdem ist das schnittige Cabrio, das ihm der Deal eingebracht hat, nicht mehr wegzudenken. Erst recht jetzt, wo ihn endlich die jahrelang vergeblich umworbene Yvette plötzlich mit ihrer feurigen

Gunst beschenkt! Wie hat er sie doch mit zahllosen Rosensträußen, exklusiven Schiausflügen, opulenten Abendessen und sogar einem unsäglich teuren Perlencollier von seiner Liebe zu überzeugen versucht! Immer noch labt er sich an dem kuhmäßig doofen Geglotze seiner Freunde, wenn er ihnen diese Wahnsinnsfrau als seine Freundin – und bald als seine Frau! – vorstellt. Zwar kann er sich Yvettes Gesinnungswandel nicht erklären, doch die vertiefte Reflexion, das gründliche Analysieren der menschlichen Psyche ist Franz Ignaz Jägers Stärke nicht. Übermorgen kann es losgehen mit dem Genuss-Brimborium! Jäger fühlt sich gerüstet.

Ein letzter – ja, ein letzter! – stolzer Blick schweift über die mit mehr als 30.000 Käselaiben gefüllten sieben Meter hohen Regalreihen, bevor sich Jäger anschickt, durch eine schmale Tür neben den großen LKW-Rampen in die Vollmondnacht hinauszutreten. Nur noch ein paar Minuten bis zu Yvettes stürmisch-leidenschaftlicher häuslicher Umarmung! Mittels Funksignal lässt er das Dach seines auf dem Parkplatz stehenden Cabrios sich öffnen und wie von Geisterhand gesteuert in der Karosserie verschwinden. Leuchtend hell steht der Vollmond über dem Massiv der Winterstaude am wolkenlosen Sternenhimmel. Die laue Sommerluft ist erfüllt von Gezirpe und dem Duft des auf den Feldern liegenden, am Abend frisch gemähten Grases. Jäger ist so entspannt wie schon lange nicht mehr. Er löscht die Lichter aus und will gerade die massive Tür hinter sich zuziehen. Da packt ihn von wer weiß woher eine eiserne Faust am Kragen und schmettert ihn mit unmenschlicher Kraft und Wucht in die Halle zurück. Taumelnd stößt der smarte Herr Geschäftsführer gegen das vorderste Regal und reißt im Fallen einen der schweren Laibe mit sich zu Boden. Kaum hat er sich röchelnd, noch immer mit verkrampfter Hand den Käselaib an sich pressend, in eine kauernde Position aufgerappelt, macht schon ein einziger gnadenloser Hieb seiner Karriere, seinen Ambitionen und seinem Leben schlagartig ein Ende. Ebenso schlagartig verschwindet das aus dem molligen Käselaib aufsteigende Phantom Yvettes, dem Jägers brechendes Auge vergeblich ein allerletztes

Mal zuzuzwinkern versucht. Kein Wort ist gefallen, nicht einmal einen Blick tauschen der Mörder und sein Opfer. Jäger fällt wie ein morscher Baum im Sturm. Sein Schicksal war längst besiegelt. Jetzt hat es zugeschlagen. Und wie!

Gegen Morgen stapft in dem vom ersten Vogelgezwitscher erfüllten Licht des anbrechenden Tages eine gnomenhafte Gestalt auf der verfallenden Trasse der längst aufgelassenen Schmalspurbahn dem langsam erwachenden Achtal entlang Bregenz zu. Ein Sepplhut sitzt ihr schräg auf dem Kopf, der beim Gehen unbeweglich auf den auffällig breiten Schultern klebt und, wie die langen Arme, so gar nicht zu dem schmächtigen Körperchen passt. Auf dem Rücken baumelt eine schmutzige Umhängetasche. Über dem Pfänder geht schon die Sonne auf, als der Wanderer den Hof einer alteingesessenen Bregenzer Baufirma überquert, im Mannschaftsraum sorgfältig seine Tasche im Spind versperrt und sich nach einem hastig im Stehen getrunkenen Becher Kaffee an sein freudloses Tagwerk macht. Dass seine Lippen noch eine Spur verkniffener sind als sonst, sein Bart noch struppiger und das Männlein noch wortkarger, das fällt hier niemandem auf. Hier nicht.

***

Mitten in der Nacht, lange nachdem Jäger so unsanft sein Leben gelassen hat, läutet bei Albrecht das Diensttelefon.

»Hier spricht Rafreider! Ist da die Polizei?« Das klingt ziemlich aufgeregt und hilflos.

»Oh, Ingeb …, Frau Rafreider? Albrecht am Apparat. Was ist denn los?« Albrecht zwickt sich in den Arm. Träumt er?

»Herr Inspektor: Helfen Sie mir! Mein Mann stellt das ganze Haus auf den Kopf. Er behauptet, ich verstecke die Anteile vom Alten, halt vom Kurt, vor ihm! Ich habe mich im Bad eingesperrt. Ich fürchte mich so!«

»Keine Angst, Frau Rafreider, ich rufe sofort beim Posten in Egg an. Gleich ist jemand bei Ihnen!«

»Können Sie nicht …«

»Nein, ich kann hier leider nicht weg! … Hallo? Hallo!« Aufgelegt. Jetzt hat sie einfach aufgelegt. Albrecht alarmiert die Kollegen in Egg. Kaffee braucht er keinen heute Nacht: An Schlaf ist nicht mehr zu denken! Das »Können sie nicht?« geht ihm mantraartig durch den Kopf, nein: durch Mark und Bein.

Alles Gute kommt von oben

Magdalena betritt wie jeden Morgen kurz nach sechs Uhr das Käselager, verschlafen tappt sie durch die Halle, knipst das Licht an, entriegelt die großen Rolltore an der LKW-Rampe. Dann geht sie ein paar Schritte zurück bis zu den ersten Regalreihen, in der Hand ihr Frühstückscroissant. Sie hat, obwohl erst im zweiten Lehrjahr, diesen frühen Arbeitsbeginn für die Sommermonate mit dem Geschäftsführer ausgehandelt, um an den heißen Nachmittagen ihrer großen Leidenschaft nachgehen zu können: die Freibäder der Umgebung und die mehr oder weniger geheimen romantischen Badeplätze an der Subersach mit ihren Freundinnen unsicher zu machen. Die kleine Schar ist weitum bekannt und für manchen Wälder Jüngling in etwa das, was die mittelalterlichen Schlossfräuleins für die Minnesänger waren: nämlich so heiß begehrt wie schwer zu erobern. Als Ausgleich zum frühen Arbeitsbeginn darf sie morgens im Büro ihr Frühstück einnehmen, meist ein, zwei Tassen Kaffee und ein Croissant, das sie auf dem Weg zur Arbeit noch backstubenwarm in der dörflichen Bäckerei erwirbt. Jetzt also lehnt sie sich, erst langsam munter werdend, an das Regal. Das mit Butter bestrichene Croissant hält sie geistesabwesend in der Hand. Probeweise lässt sie die automatischen Rolltore hochfahren. Alles läuft wie geschmiert. Langsam gehen die Tore in die Höhe und geben den Blick auf die von der Morgensonne beschienenen grünen Hänge jenseits des Achtals frei. Ein wundervoller Geruch nach Gras und Wald strömt in die große Halle.

Da macht es unmittelbar vor Magdalenas Nase *plopp.* Und noch einmal *plopp.* Die dicke Butterschicht auf dem Croissant weist zwei dunkelrote Flecken auf. Sie hat doch keine Marmelade auf das Kipferl gegeben?! Noch einmal *plopp.* Magdalenas Blick wandert in schläfriger Langsamkeit der metallenen Verstrebung entlang nach oben. Und dann sackt sie mit einem gellenden Schrei am Fuß des Regals zusammen, in den Fleck gestockten Bluts, in dem sie, ohne es bemerkt zu haben, steht. Unwiderstehlich zieht es ihren Blick nochmals hinauf: Da steht ein Käselaib ein Stück weit aus dem Regal hervor und aus dem Laib ragt – eine Hand! Fünf tief in den Laib hinein gegrabene verkrampfte Finger mitsamt dem halben Unterarm, der ein Stück unter dem Ellbogen in einem glatten Schnitt endet. Am Handgelenk sitzt noch eine goldene Uhr, am kleinen Finger ein Siegelring mit schwarzem Stein. Kein Zweifel ist möglich: Es ist die Hand des Geschäftsführers. Eine tiefe Ohnmacht erspart Magdalena den weiteren Anblick.

Aber nur bis eine halbe Stunde später der erste LKW an die Rampe fährt, ein knallig lackierter Fernlastzug eines der zahlreichen örtlichen Speditionsunternehmen. Eigentlich sollten jetzt schon die Exportpapiere für England fertig sein. Neuerdings stehen die Engländer auf Käse aus Bergbauernmilch. Obwohl die gar keine Milch geben, die Bergbauern. Aber wer nimmt das schon so genau? Die Papiere sind Magdalenas Job. Der Fahrer wundert sich über das offene Rampentor, freut sich aber, erspart es ihm doch den Umweg über die Verkaufsräume ins Büro. Als er jedoch die in der Lache getrockneten Blutes liegende Magdalena sieht, ist es mit der Freude schnell vorbei. Mit zwei Sprüngen ist er bei ihr, steht dann allerdings ziemlich belämmert vor der Leblosen. Er ist LKW-Fahrer, kein Samariter, und bei weitem nicht so abgebrüht, wie das am Stammtisch klingt! Dass Magdalena jetzt auch noch die Augen aufschlägt, sie weit aufreißt, macht nichts einfacher. Aber warum zeigt sie so hektisch nach oben? Und wie sie nach Luft schnappt! Immerhin: Sie lebt! Der Fahrer bückt sich nieder, um besser zu verstehen, was ihm die nach Worten Ringende sagen will. Er greift mit einem Arm um ihre Schultern und hebt Kopf und

Oberkörper ein wenig an – das arme Kind erstickt ja fast. Was allerdings unter dem Regal in sein Blickfeld gerät, raubt selbst dem von Haus aus nicht gerade zart besaiteten Burschen die Fassung. Magdalenas Körper entgleitet ihm, ihr Kopf schlägt hart auf den Betonboden und wieder ist sie für eine halbe Stunde der grausamen Realität entrückt. Unter dem Regal liegt ein Toter. Toter geht es nicht. Das Gesicht ist von der Stirn bis zur Oberlippe gespalten und klafft weit auseinander, so dass der Fahrer zuerst glaubt, zwei Gesichter zu sehen … Wenig später stehen die Einsatzfahrzeuge der Rettung und der Polizei vor der Tür und dann dauert es nicht mehr lange, bis Aspirant Albrechts Anruf dem Ibeleschen Wecker noch um einige Minuten zuvorkommt. Wie es dem Rösle gelingt, ihrem Isidor trotz der Eile den gewohnten Filter-Kaffee zu servieren, bevor er zwanzig Minuten später in den sonnigen Morgen hinaustritt, bleibt ein Geheimnis. Ibele kann sich so manches nicht erklären an diesem frühen Morgen. Trotz der eher unappetitlichen Nachrichten, mit denen ihn Albrecht aus dem Schlaf geholt hat, empfindet er die sonnige Frische des jungen Tages überraschend ungetrübt. Mit Routine hat das nichts zu tun. Zwei Morde in drei Tagen, das ist noch keine Serie, aber für hiesige Verhältnisse verdammt ungewöhnlich. Ganz wie von selbst versuchen die Gedanken des Inspektors, die Ereignisse miteinander zu verbinden. So wundern Ibele die ersten, vom hörbar schläfrigen Albrecht rapportierten Details nicht. Der eingehauene Schädel passt natürlich ebenso in das Schlamassel wie die sauber abgetrennte, im Käselaib verkrampfte Hand. Während Albrecht müde und unwillig im Kommando seinen Nachtdienst zu Ende bringt, fährt Ibele die kurvenreiche Straße in Richtung Lingenau. Wieder packt ihn ein innerer Taumel, eine Art Euphorie, die die unerfreulichen Ereignisse der so genannten Realität weit hinter sich lässt. Sein Blick, seine Sinne erfassen einfach nur das, was schon vor zehntausend, vor tausend oder auch nur vor hundert Jahren so war, wie es heute ist. Die Landschaft, das Licht, die kühle klare Luft, ein paar archaische Geräusche: die Ach tief unter ihm, ein bellender Hund irgendwo. Was für ein Morgen! Was für ein Land! Was für eine Welt! Im tief eingeschnittenen Tal, das er soeben auf einer weit gespannten Brücke überquert, lösen sich langsam die Morgennebel auf, während die höher steigende Sonne das Grün der Wiesen zum Leuchten bringt und sich tausendfach in den zahllosen blankgeputzten Fensterscheiben der schmucken Bauernhäuser spiegelt.

Solcherart mit einer ordentlichen Portion philosophischer Distanz gegen die triste Aktualität geimpft und immunisiert gegen die hässliche und vulgäre Seite der Wirklichkeit, steigt Ibele vor dem Käsekeller aus dem Wagen. Dennoch hat er erst einmal einige Mühe, zur Sache zu kommen. Dieser Mord will ihm so gar nicht passen und schon gar nicht hierher. Der Tote liegt noch immer unter dem Regal, in Kopfhöhe über ihm der Käselaib mit der abgehackten Hand darin. Offenbar wollte der Täter die Leiche beseitigen, konnte aber die im Todeskampf völlig verkrampfte Hand nicht vom Käse lösen. Sie abzuhacken war für ihn einfacher, als den schweren Laib verschwinden zu lassen. Die Hand ist mit einem so sauberen Schnitt vom restlichen Arm gelöst, dass Ibele gar nicht anders kann, als sofort an den gespaltenen Tisch auf Pfingstgunten zu denken – und an die schwedische Axt. Überhaupt scheint es nicht das vorrangige Interesse des Mörders gewesen zu sein, seine Tat unsichtbar zu machen. Im Gegenteil. Der Gemeindearzt schätzt den Todeszeitpunkt schüchtern und vorsichtig auf irgendwann in der Nacht. Na ja, darauf hätte Ibele auch getippt. Nach den üblichen Formalitäten macht sich das bleiche Kerlchen samt seiner ledernen Tasche voller homöopathischer Kügelchen, Tröpfchen und Pülverchen schnell davon. Er scheint aus beträchtlich weicherem Holz geschnitzt zu sein als sein Egger Kollege, der Dichternachkomme. Ibele weist die in weißen Overalls herumwuselnden Männer von der Spurensicherung darauf hin, doch bitte alles noch genauer zu untersuchen als gewöhnlich und alles sorgfältig unter die Lupe zu nehmen, was einen Zusammenhang mit der Pfingstguntengeschichte haben könnte. Das bringt ihm die etwas patzige Frage ein, ob er glaube, es mit Lehrbuben zu tun zu haben, doch das nimmt Ibele locker in Kauf.

Die Einvernahme der schockierten Magdalena bringt erwartungsgemäß nicht viel, sie ist ein Fall für die psychologische Krisenintervention. Sie kann es einfach nicht glauben, dass der Ignaz tot sein soll. Ist er aber. Ganz und gar tot. Tot für immer? Na ja, sagt sich Ibele: Das sollen andere herausfinden! So schnell wie möglich nach Feldkirch in die Pathologie mit der Leich'! Ibele brennt darauf, zu erfahren, was die beiden Morde eventuell miteinander zu tun haben. Eine ganze Menge, wenn es nach seiner Intuition geht. Eher halbherzig widmet sich Ibele der Befragung der nach und nach eintreffenden Mitarbeiter im Käsekeller: Verkaufs- und Büropersonal, Lagerarbeiter, ein Käsemeister. Der kommt zuletzt und lässt Ibele erst einmal einfach sitzen. Um keine Minute darf der Dienstplan verrückt werden, wo es um die Pflege des gelagerten Käses geht! Nach einer Stunde ist Ibeles Bild vom Toten zwar um einiges anschaulicher geworden, aber insgesamt kaum brauchbar. Warum sich immer wieder der Lässer dazwischenschiebt? Ein wirklich gemütlicher Typ schien er nicht gewesen zu sein, der Herr Geschäftsführer. Ehrgeizig und unberechenbar. Ein Arbeitstier und Zahlenmensch: *geldsüchtig* nannte ihn einer, und *unheimlich* ein anderer. Nur bei den jungen Mädchen hat er mächtig Eindruck hinterlassen, lässig halt, und der tolle Wagen, in dem er immer wieder mal eine von ihnen mitfahren hat lassen! Ein Porsche! Dass die aber auch immer denen am hemmungs- und hirnlosesten hinterherlaufen, die sich am wenigsten aus ihnen machen!

Die Sonne steht hoch am Himmel, auf den Feldern wird das gestern gemähte Gras mit riesigen Maschinen gleichmäßig verworfen, was einen betörenden Duft verbreitet. Ibele schlägt das Angebot eines starken Kaffees und einer Käsesemmel nicht aus. Endlich hat auch der Herr Meisterkäser Zeit für ihn. Er ist vielleicht knapp fünfzig Jahre alt, ein Mannsbild wie aus einem Fremdenverkehrsprospekt, frisch wie soeben einem klaren Gebirgsbach entstiegen. Und jetzt gönnt er dem Inspektor sogar ein Lächeln.

»Verzeihung, Herr Inspektor, wenn ich Sie habe warten lassen, aber was sein muss, muss sein. Und da unten in meinem

Keller reifen sehr sensible Pflänzchen oder besser: Tierchen. Die wollen pünktlich gefüttert und gestreichelt werden. Mord hin, Mord her.« Seine tiefe Stimme hat einen ruhigen Rhythmus und einen angenehmen Klang. Sie erinnert Ibele an seine geliebten Cello-Suiten. Der Mann scheint seiner Sache sicher zu sein.

»Tierchen?« Ibele hat nur mit einem Ohr hingehört.

»Ja, halt so Schimmeltierchen. Wir haben seit Neuestem ein paar Rotschimmelkreationen im Programm, erste Sahne, sage ich Ihnen! Da können sich die Franzosen anstrengen mit ihrem Camembert!« Der Käser wirkt jetzt viel zugänglicher als vor einer halben Stunde.

»Sie sind dann also der Lorenz Metzler, stimmt's? Käsemeister und Käsekeller-Mitarbeiter der ersten Stunde.« Wie immer versucht Ibele, seinem Gegenüber fürs Erste einen kleinen Vorsprung abzugewinnen. Er wittert seine letzte Möglichkeit, mehr über den Toten zu erfahren, nachdem bisher zwar ein paar interessante, aber insgesamt nur wenig hilfreiche Details aus dem durchwegs jungen Personal herauszubekommen waren. Bis auf den Hinweis auf die Konkurrenz zwischen Jäger und eben diesem Metzler, den er dem LKW-Fahrer verdankt. Der hat seinem Frust angesichts der verlorenen Zeit Luft gemacht und einiges ausgeplaudert, was Jägers Kollegen und vor allem die Kolleginnen lieber für sich behalten haben dürften.

»Stimmt. Seit der Laden hier steht, bin ich dabei, grad genauso lang wie der Jäger.« Der eben noch warme Ton in Metzlers Stimme wird von einer kräftigen Prise Trotz aufgeraut.

»Er war sozusagen Ihr Chef?«

»Chef! Was heißt schon Chef, Herr Inspektor! Ich bin schon fast mehr Jahre im Geschäft, als das Bübchen alt ist, äh war! Wichtiger war er halt als ich! Und studiert! Und das Schätzle vom Herr Rapp. Wer zahlt, schafft an. So ist es, oder?« Der verhaltene Trotz in Metzlers Stimme weicht mehr und mehr einer bösartigen, lauernden Wut.

»Noch etwas?« Ibele bläst ins auflodernde Feuer von Metzlers Zorn.

»Ja, noch etwas, wenn Sie es wissen wollen, Herrrrr Inspektor! Ein frecher Hund war er! Ein Angeber und ein erstklassiger Spitzbub, ein Obergauner.« Das musste noch heraus. Jetzt hat Metzlers Seele ihren Frieden. Er rutscht von der Vorderkante weit zurück in den bequemen Fauteuil der Besucher-Ecke und zieht eine Virginia aus der länglichen gelben, früher einmal schönen, jetzt von einem hässlichen Warnung-vor-dem-Tod-Aufdruck entstellten Packung. Dafür ist Ibeles Neugier vollends erwacht.

»Ein frecher Hund: Wie darf ich das verstehen?«

»Da gibt es nichts zu verstehen.«

»Aber vielleicht zu erklären, Herr Metzler?«

»Was glauben Sie, Herr Inspektor, von welchem Geld sich das Bürschlein den Porsche gekauft hat? *Den* hat ihm der Rapp nicht geschenkt!« Schon sitzt Metzler wieder auf der Kante seines Fauteuils, kippt beinahe vornüber, die Virginia bleibt kalt, kann von Glück reden, wenn sie nicht zerbröselt in der Eisenfaust des Senns. Abgesehen davon ist eh Rauchverbot überall. Dabei greift sogar Ibele schon instinktiv nach einer Gauloise, nach einer Verhör-Gauloise. Das sind nämlich die, deren bitterer Rauch dem Gegenüber dermaßen penetrant in die Nase geblasen wird, dass noch jedem nicht völlig verstockten Menschen klar geworden ist, worum es jetzt geht. Aber erstens ist Metzler nicht völlig verstockt, oder? Und zweitens ist, wie gesagt, Rauchverbot im Käsekeller.

»Von welchem Geld hat er ihn denn Ihrer Ansicht nach gekauft?« Ibele spielt den Zerstreuten. Ob das den Metzler zum Reden bringt? Aber vorläufig versinkt der in tiefes Schweigen: in vielsagendes Schweigen!

»Na gut, dann lassen wir das, ist ja auch egal.« Ibele sagt das mehr zu sich selbst und schnellt mit bemerkenswerter Leichtigkeit aus seinem Sessel auf. Als er Metzler die Hand zum Abschied entgegenstreckt, scheint dieser nichts zu bemerken. Er schaut vor sich hin, die Augen starr auf einen weit entfernten Punkt gerichtet.

»Der Jäger war ein Gauner, wie der Lässer«, murmelt er. Ibele hat ihn, wo er ihn haben will. Schon sitzt er dem kräftigen

Mann wieder gegenüber, fixiert ihn mit einem Schlangenblick. Zwischen Metzlers Holzschuhen sammelt sich ein Häufchen brauner Tabakkrümel. Ibele fährt es urplötzlich eiskalt über den Rücken: Aus den Holzschuhen leuchten ihm rote Socken entgegen. Wollsocken.

»Er hat alle hereingelegt. Für Geld wäre er über Leichen gegangen.« Das Krümelhäufchen wird größer. Metzlers Kopf mit den widerspenstigen blonden Haaren hängt schwer zwischen den breiten Schultern.

»Über Leichen? Auch über Ihre?« Ibeles Stimme kommt wie von weit her. Für Metzler klingt sie wie seine eigene.

»Ja, auch über meine. Wie oft hat er mir gesagt, dass ich mich schleichen kann, wenn mir etwas nicht passt! *Senner gibt es genug* war sein Motto. Ja, und Gauner gibt es noch mehr!«

»Was hat der Jäger mit dem Lässer zu tun gehabt, der war doch auch ein Senn, so wie Sie?«

»Aber interessiert hat den nur das Geld, da war er gleich wie der Jäger.«

»Und deshalb ist man schon ein Spitzbub? Da gäbe es dann wirklich viele!«

»Natürlich nicht. Nur wenn einer so ein fauler Hund ist, wird es halt schwierig, zu Geld zu kommen. Dann muss man sich das der andern ergaunern.«

»So wie der Jäger?«

»So wie der Jäger, genau.«

»Und von wem hat er es sich ergaunert? Von Ihnen vielleicht?«

»Das wäre ja noch schöner! Ich bin nicht so blöd! Von mir sicher nicht. Die haben sich schon einen Dümmeren gesucht. Außerdem habe ich keins, ich habe immer fleißig gearbeitet. Da wird man nicht reich.«

»Haben sie einen gefunden, einen Dummen?«

Metzler schweigt. Etwas kämpft in ihm. Er setzt zu einem Wort an, macht den Mund wieder zu. Krampfhaft presst er die Zähne aufeinander, die Backenknochen treten hervor, die Kiefer malmen, dass es knirscht. Jetzt zappelt der Fisch an der Leine. Was weiß dieser Metzler? Ganz langsam beginnt Ibele, die Leine einzuholen. Unmerklich langsam.

»Dumme gibt es doch wie Sand am Meer, nicht wahr? Hier geht es aber um einen Mörder, Herr Metzler, und die sind zum Glück ein bisschen seltener!« Der Fisch folgt willig dem Köder. Was soll er auch machen: er hängt an ihm.

»Das hätten sich die Herren auch nicht gedacht, dass ihnen der den Schädel ...« Jetzt zieht Ibele ruckartig an der Leine, das Fischlein bäumt sich wild auf.

»Dass ihnen WER den Schädel einhaut, Herr Metzler?« Schon überlässt Ibele die Leine wieder sanft der leichten Strömung. *Gebraten wird der Fisch erst in der Pfanne* – eine alte Kriminalistenweisheit.

»Woher soll ich das denn wissen?« Metzler erwacht aus seiner Versenkung und aus dem gefangenen Fischlein wird wieder ein Mensch. Ein Mensch und folglich ein zerrissenes, ein zwischen Allmachtsphantasie und Verzweiflung hin- und hergerissenes Wesen; sein äußeres, sichtbares Handeln ist immer nur die Spitze eines Eisbergs von tief in seinem Innern verborgenen Wünschen, Begierden und Zweifeln. Ein Tiger auf dem Sprung. Ein Kaninchen vor der Schlange.

»Wo waren Sie denn heute Nacht, Herr Metzler, so zwischen zehn und eins?« Ibele hat keine Angst vor dem Tiger. Er weiß zu gut, wie schnell er zum Hasen werden kann.

»Heute Nacht? Wie meinen Sie das?«

»Wie ich es sage. Wo waren Sie heute Nacht zwischen zehn und eins und wer kann das bezeugen?« Ibele ist der Dompteur. Aber der Reifen in seiner Hand brennt und der Tiger mag diese Übung eigentlich gar nicht.

»Ich war zuhause und habe ferngesehen. Meine Frau hat geschlafen.«

»Wo wohnen Sie denn, Herr Metzler?« Ibele legt den brennenden Reifen beiseite und wirft dem Tiger einen kleinen Leckerbissen zu.

»Da drüben, in dem neuen Haus.« Metzler zeigt durch die breite Glasfront auf ein schmuckes Holzhaus jenseits der Straße, Weißtanne offensichtlich, der letzte Schrei in der heimischen Architektur. Es steht keine dreihundert Meter Luftlinie vom Käsekeller entfernt. Dazwischen nur frisch abgeerntete Wiesen. *Gemähte Wiesen* denkt Ibele und er übersetzt sich das fast automatisch in die sprichwörtliche Bedeutung: Kein Problem … für einen kleinen nächtlichen Ausflug.

»Wenn Ihre Frau geschlafen hat, kann sie dann bezeugen, dass Sie zuhause waren?«

»Herr Inspektor, was wollen Sie denn eigentlich? Sie glauben doch nicht, dass ich den Jäger …?« Wieder sieht sich der Tiger mit dem brennenden Reifen konfrontiert. Das macht ihn nervös. »Das ist ein schöner Quatsch! Fragen Sie doch meine Frau!«

»Genau, das mache ich. Wo finde ich sie denn, Ihre Frau?«

»Meine Frau? Die finden Sie jetzt im Hotel Quellenpark droben.«

»Gut, ich bin in einer halben Stunde wieder da. Sie warten hier auf mich. Alles klar?«

»Alles klar, Herr Kommissar!« Nicht einmal Metzler selbst kann in dieser Situation über den alten Kalauer lachen.

Ibele tritt ins Freie und merkt erst jetzt, wie dick die Luft im Käsekeller war. Haben die ein Lüftungsproblem? Oder ist es nur die vom grauenhaften Mord in den Keller gedrückte Stimmung? Ein paar Züge aus der Gauloise machen zwar die Luft nicht unbedingt besser, aber das Denken etwas klarer. Das prickelnde Belmondo-Gefühl, das sie Ibele verschaffen, tut ihm nach dem atemlosen Tagesbeginn gut.

Er steigt in den Wagen und fährt die paar hundert Meter zum Quellenpark-Hotel hinauf. Frau Metzler findet er nach einem kleinen Irrweg über die trendigen, um diese Tageszeit kaum frequentierten Fitnessräume im Frühstücksraum des Hotels. Sein kühler Belmondo-Blick perlt von der etwas sterilen, aber gediegenen Einrichtung und den wenigen verspäteten Frühstücksgästen ab, sucht zielstrebig nach Metzlers Frau. Ohne sie je gesehen zu haben, steht ihr Bild klar vor seinem inneren Auge: dem unbestechlichen Belmondo-Auge. Da ist sie schon. Mitte vierzig, recht groß, lange, volle, dunkle Haare, schlank. Eine schöne Frau!, sagt eine rauchige Stimme in Ibele. Es wird Zeit, Belmondo wieder nach Hause zu schicken, denkt er sich.

»Frau Metzler?«

»Ja?« So wie die sehr attraktive Frau ihn aus großen rehbraunen Augen mit einem fragenden, ja fordernden Blick ansieht, muss wohl noch etwas von der Belmondo-Lässigkeit in Ibeles Stimme geblieben sein. Jetzt aber Schluss damit!

»Ich bin Inspektor Ibele von der Kripo Bregenz. Sie haben wahrscheinlich schon von dem Mord unten im Käsekeller gehört? Darf ich Ihnen schnell ein paar Fragen stellen?«

»Mein Mann hat mich angerufen, ja. Aber was kann ich Ihnen schon erzählen?« Sie weist Ibele auf einen kleinen Tisch in einem Erkerchen hin und sie setzen sich.

»Ihr Mann hat Sie also angerufen? Was hat er denn gesagt?« Etwas an dieser Frau passt so gar nicht zu ihrem Mann, sagt sich Ibele. Was kann es sein?

»Er hat gesagt, dass der Jäger endlich … dass der Jäger umgebracht worden ist. Und dass er nicht zum Essen kommt mittags. Er isst nämlich an den Tagen, an denen ich arbeite, hier heroben im Quellenpark.«

»Wie hat er denn geklungen, Ihr Mann?«

»Geklungen? Nun, wissen Sie, mein Mann und der Jäger … das hat leider nicht gut funktioniert. Mein Mann hat sich damals schon als Chef des Käsekellers gesehen, der Landesrat Schwarz, der ist aus dem Dorf hier, hat ihm den Job so gut wie sicher zugesagt. Dann kommt der Rapp daher und setzt ihm den Jäger vor die Nase. Dieser junge Hupfer könnte ja leicht sein Sohn sein. Und nur weil er ein Studierter war, hat er geglaubt, allen überall dreinreden zu müssen.« Frau Metzler erzählt das mit einem Anteil spürbarer Empörung; der andere Teil aber wirkt wie einstudiert, als wäre sie es als Ehefrau ihrem Mann einfach schuldig.

»Wo war denn Ihr Mann gestern Nacht zwischen zehn und ein Uhr, Frau Metzler?« Ibele nimmt einen Schluck aus dem Wasserglas, das Frau Metzler zu Beginn des Gesprächs vor ihn hingestellt hat. Über den Rand des Glases beobachtet er genau ihr Gesicht. Es tut sich nichts.

»Also ich bin um halb zehn ins Bett und habe noch eine gute Stunde gelesen. Mein Mann hat ferngesehen.«

»Und wann hat er sich schlafen gelegt?«

»Das dürfte gegen halb zwei gewesen sein. Er schaut oft so lange, meist schläft er auch vor dem Fernseher ein.« Ibele fällt auf, wie neutral ihr Ton bei dieser Erzählung ist. Als schriebe sie ein Protokoll über einen Fremden.

»Wenn er nun in dieser Zeit das Haus nochmals verlassen hätte, wäre Ihnen das aufgefallen?«

»Das Haus verlassen? Warum soll er das Haus verlassen? Weil Vollmond war?«

»Warum auch immer, Frau Metzler. Würden Sie es hören in Ihrem Schlafzimmer?«

»Nein, das würde ich nicht hören. Er macht auch tatsächlich gerne einen kleinen Spaziergang, bevor er sich zu Bett legt, schaut zu seinen Hühnern und holt die Katze ins Haus. Nein, hören tu ich dann nichts mehr. Mein Schlaf ist fest.«

»Und gestern ist Ihnen nichts aufgefallen? Auch nicht, als Ihr Mann ins Bett kam?«

»Nein, nichts. Außer vielleicht, dass er im Bad ein wenig länger rumort hat als gewöhnlich, davon bin ich aufgewacht, irgendwas Schweres ist da zu Boden gefallen. Ich glaube, er hat auch noch geduscht, aber wahrscheinlich, um am Morgen ein paar Minuten länger liegenbleiben zu können.«

»Vielen Dank, Frau Metzler, das war's. Ich glaube, man sucht bereits nach Ihnen.« Eine ältere Dame schwenkt sichtlich ungeduldig ihr Kaffeekännchen als wär's ein Weihrauchfass. Ibele verabschiedet sich von der eleganten Frau Metzler. Dieses Gespräch scheint ihn selbst wesentlich nervöser gemacht zu haben als sie.

Wenn nur die Auswertung der Spuren schon da wäre. Aber das dauert mindestens bis morgen früh!, überlegt Ibele, während er mit dem Lift in den Reifungskeller hinunterfährt, wo er, wie man ihm gesagt hat, den Käsemeister finden wird.

Der steht in einer bodenlangen weißen Schürze in einem empfindlich kühlen, in ein gelbliches Halbdunkel getauchten Raum. »Halb Veterinär, halb Vegetarier«, wie er sich in einem Anflug von Humor dem Inspektor vorstellt. Ist es Galgenhumor?

»Haben Sie meine Frau gefunden? Und? Was hat sie Ihnen erzählt?« Das klingt nach Schadenfreude und gefällt Ibele gar nicht. Nicht nur, weil er langsam hungrig wird und sein Mittagessen in Gefahr sieht.

»Sie haben also ferngesehen. Vielleicht aber haben Sie auch einen Spaziergang gemacht. Ein Alibi ergibt sich aus dem jedenfalls nicht.« Muss der den Käse so auf das Brett klatschen? wundert sich Ibele, oder zappelt das Fischchen schon wieder?

»Brauche ich denn ein Alibi?«

»Wir brauchen alle ein Alibi, immer!« Ibeles Antwort fällt so trocken aus wie alter Parmesan. »Um Ihres kümmern wir uns noch, Herr Metzler. Ich muss Sie bitten, heute und morgen den ganzen Tag telefonisch für uns erreichbar zu bleiben! Auf Wiedersehen.« Den Blick, den Ibele statt einer Antwort oder eines Grußes einfängt, vergisst er nicht so schnell: So schaut der Fisch, der an der Angel zappelt, so schaut das Kaninchen vor der Schlange, so schaut aber auch der Tiger, bevor er dich anspringt.

Mittlerweile ist der Vormittag weit vorgerückt, Ibeles Magen knurrt, er spürt auch ohne auf die Uhr zu schauen die Mittagszeit nahen, und hat wieder einmal recht. Die unmittelbaren Spuren des Verbrechens sind verschwunden, die kriminalistischen Kräfte abgezogen, der Tote abtransportiert, das Blut aufgewischt, der Käselaib mit der Hand, das heißt natürlich ohne Hand, entfernt. Die mittelbaren Folgen der Tat aber machen sich noch bemerkbar durch die Anwesenheit der Presse, vor allem jedoch durch das Erscheinen der Herren Rapp und Schwarz, Eigentümer und Landesrat, Kapital und Politik. Hoppla, sagt sich Ibele belustigt und wundert sich über die illustre Gesellschaft. Was hat denn die so schnell hierher gebracht? Wie er durch die große Glasscheibe des Büros beobachten kann, verläuft die Unterhaltung der beiden recht angeregt. Man gestikuliert, springt auf, setzt sich wieder nieder, rauft sich den Bart, geht mit ausgestrecktem Zeigefinger aufeinander los, schweigt schließlich. Wird hier bereits Jägers Nachfolger gekürt? Werden Pfründe verteidigt? Die Jagdgesellschaft bläst zum Halali! spöttelt Ibele in sich hinein.

Dann verlässt Ibele den Ort der Untat und fährt Bregenz zu. Der mögliche nächtliche Ausflug des Senns wird ihm noch Arbeit machen, das sieht Ibele kommen. Ist es dem Metzler zuzutrauen, dass er den Konkurrenten so brachial aus dem Weg räumt?

C'est la vie

Im Kommando gilt es zuerst den General zu besänftigen, der sich mit der neuen Situation, also mit dem zweiten Mord, nur schwer anfreunden kann. Hier hilft ihm auch kein Adjustierungswechsel weiter. Ohne Ibele eine Atempause zu gönnen, erscheint schon die Hagen hoch erhobenen Hauptes und kündigt den Herrn Baptiste Lässer an, der seit einer Stunde wartet, direkt aus Paris kommt der Herr. *Baptiste,* das ist ein schöner Name, eher selten in der Region, und außerdem erinnert er Ibele an seinen – wiederum französischen – Lieblingsfilm und klingt im Mund der offensichtlich hingerissenen Hagen wie der Name eines überirdischen Parfums. Auch wenn ihm allein schon seine Pariser Adresse in Antoinettes Augen das Prestige eines Halbgotts verleiht (Oh Antoinette!): Dem Inspektor könnte Monsieur Baptiste im Moment gestohlen bleiben. Noch dazu möchte ihm Albrecht genau jetzt von seinem Nachtdienst berichten. Hat er vielleicht von der Ingeborg geträumt? Geträumt nicht, aber telefoniert mit ihr. Gut, das kann aber wirklich warten, zuerst kommt der junge Lässer dran. Die Hagen führt einen Herrn in einem modischen anthrazitgrauen Anzug in Ibeles Büro, ein blasslilafarbenes Hemd unterstreicht allerdings wenig vorteilhaft das an grünlicher Blässe und dunklen Augenringen ablesbare Schlafdefizit. Aber schöne Schuhe hat der Mann! Schwarzes poliertes, handgenähtes Leder, sehr elegant und klack-klack-klack machen sie beim Gehen. Ein feiner Herr! Lässer bemerkt Ibeles Blick und prahlt:

»Die sind aus der Manufacture Massaro, Monsieur l'Inspecteur, erstklassige Maßschuhe aus Paris, magnifique, nicht wahr?«

»Sehr magnifique – und mein Beileid, Herr Lässer! Wir haben Sie früher erwartet.«

»Noch früher? Es ist nicht einmal elf Uhr, Inspecteur, in Paris sitzt man noch beim Frühstück.«

»Herr Lässer, es ist Ihnen vielleicht noch nicht aufgefallen: Erstens sind wir hier nicht in Paris. Und zweitens habe ich gemeint: wir haben sie zwei Tage früher erwartet.«

»Ich bitte Sie, Monsieur«, säuselt der Exil-Egger, »ich habe das Wochenende in Cabourg am Meer verbracht, wir Pariser lieben die Seeluft eben sehr.«

Muss der Typ so gestelzt daherreden? Ibele tut sich schwer mit dem affektierten Gehabe. Will ihm der etwas vorspielen?

»Seit wann sind Sie denn schon in Frankreich, Monsieur l'horloger?«, so viel Französisch kann Ibele schon lange! Ist er doch über seine Gauloises hinaus eklatant frankophil, seit seine Eltern in den 1970ern mit dem Halbwüchsigen eine Frankreichreise unternommen haben! Frankreich! Das sind endlose schnurgerade Pappelalleen, kleine verträumte Dörfer mit romanischen Kirchen in der tiefen Provinz, duftende Baguettes, gotische Kathedralen zum Niederknien, Käse in allen Variationen, schrumpelige schwarze Oliven, mehrstündige Diners bei Freunden, auf die Hauswände gemalte riesige Aperitif-Werbung, unvorstellbar weitläufige Eichenwälder, ein Märchenschloss an jeder Ecke. Dann die Tour de France in einem staubigen Nest: Zwei Stunden Warten in der brütenden Sommerhitze, zwanzig Sekunden surrendes Hauptfeld und abruptes Ende des Spuks.

»Ich bin 1991 mit sechzehn nach Paris gegangen. Ein Pariser Feriengast, dem ich seine teure Taschenuhr repariert habe, hat mir spontan eine Uhrmacherstelle in seiner vornehmen Werkstatt angeboten. Seit dem Kindergarten habe ich jede erreichbare montre, äh Uhr, zerlegt und schon als Volksschüler begonnen, sie auch wieder richtig zusammenzubauen. C'est la vie, Inspecteur. Nach einer kurzen Probezeit bin ich dort geblieben, war schon bald die rechte Hand des Chefs und …«

»… und Sie haben dann seine jüngste Tochter geheiratet, stimmt's?«

»Stimmt, Monsieur! Oh wie liebe ich meine Georgette! Aber woher wissen sie das, Inspecteur?«

»C'est la vie, Herr Lässer, oder l'amour. Eins wie das andere. Ein Märchen eben! Und jetzt erzählen Sie mir bitte alles über Ihren Vater und Sie!« Ibeles Ton lässt mit einem Mal alle Noblesse fahren und auch Lässers Gesichtsausdruck erfährt augenblicklich eine merkliche Abkühlung.

»Oh, das ist leider keine sehr lustige Geschichte. Ich bin, wie Sie sicher schon wissen, ein lediges Kind meines Vaters, der mit mir nie viel anfangen konnte. Er konnte mit niemandem viel anfangen: nicht einmal mit sich selbst. Meine Mutter war, man kann das leider nicht anders sagen, eine ziemliche Exzentrikerin, eine verkrachte Künstlerin. Von ihr habe ich kaum mehr als meinen schönen Vornamen: Baptiste! Sie hat nach Wien geheiratet, als ich gerade einmal drei Jahre alt war, da gab es dann auch keinen Platz mehr für mich. Aufgewachsen bin ich bei einer Stiefschwester meines Vaters, einer Gastwirtin im hintersten Laternsertal, im Bädle. Die war herzensgut, aber complètement folle, wie sagt man? völlig verrückt, weltfremd. Sie hat gekocht und gebetet von morgens bis abends und hätte am liebsten einen Franziskaner aus mir gemacht. Seit dem Umzug nach Paris ist der Kontakt nach Vorarlberg fast ganz abgerissen, den Vater habe ich vor zehn Jahren zum letzten Mal gesehen, die Antonia, also meine Ziehmutter, ist vor etlichen Jahren gestorben.« Im Verlauf der kleinen Erzählung hat sich Lässers Miene mehr und mehr verfinstert, wenig ist geblieben von der Nonchalance des Weltmannes.

»Café, Monsieur?« Die liebevolle Erwähnung der betenden und kochenden Ziehmutter hat Ibele wieder versöhnlich gestimmt.

»Ah, volontiers, Monsieur, et si vous aviez des croissants? J'ai ni mangé ni bu depuis hier soir.« Croissants wünscht der Herr, hat nichts gegessen und nichts getrunken seit gestern Abend? Ist wohl per Billigfluglinie gereist! Selber schuld! Der Wohltäter in Ibele erwacht. Er sieht seine tristen Ahnungen bestätigt.

Dieser Lässer Kurt war kein besonders netter Mensch, war ein miserabler Vater – das passt nur zu gut zum Bild, das sich der Inspektor bisher von ihm gemacht hat. Das soziale Gewissen des Herrn Senn scheint wie das des Ignaz Jäger nicht wirklich großartig entwickelt gewesen zu sein. Das ist natürlich – a priori – kein Grund, ihm eine Axt in den Schädel zu hauen. Nur fügt es sich leider verdammt gut in das Puzzle, an dem Ibele arbeitet.

»Haben Sie eine Ahnung, wie der Nachlass Ihres Vaters ausschaut?«

»Noch nicht. Ich weiß im Augenblick nicht einmal, ob es ein Testament gibt. So viel ich mitbekommen habe, gehört ihm noch das Haus, in dem die Rafreider wohnt, aber ich muss jetzt zuerst nach Egg fahren und schauen …«

»Sobald Sie etwas herausfinden, rufen Sie mich bitte an!«

»D'accord, et merci Monsieur, votre café est impeccable!" *Impeccable*, das heißt doch *tadellos*, oder? Was trinken denn die in Paris, wenn dieses Automatenzeug schon *tadellos* für sie ist?

Ibele ist versucht, selbst so einen Kaffee zu trinken, bleibt aber schließlich standhaft beim Mineralwasser.

»Darf ich endlich?« Aspirant Albrecht nimmt dem Uhrmacher die Türklinke aus der Hand. »Also die Inge… die Frau Rafreider hat mich …« Weiter kommt Albrecht nicht.

»Ich weiß, dass sie dich hat, du Tropf, und ich kann mir auch denken, was. Aber das ist mir jetzt völlig egal, und unseren Toten auch, das kannst du mir glauben. Wir haben momentan ein anderes Problem.« Ibele schildert dem Aspiranten die Vernehmung des Metzler und die mögliche Lücke in seinem Alibi, inklusive Tatmotiv.

»Du fährst jetzt nach Lingenau und fragst bei den Nachbarn des Metzler, ob jemand zwischen zehn und ein Uhr nachts etwas Auffälliges beobachtet hat. Und dann gehst du noch in den Käsekeller und überprüfst so unauffällig wie möglich, was die dort für scharfe Werkzeuge in Verwendung haben, irgendwas, mit dem man Schädel spalten könnte; frag am besten eins von den jungen Mädels im Verkauf oder im Büro. Und in zwei Stunden bist du wieder da!«

Slow-food, eine Harley und ein Geisterschiff

Inspektor Ibele sitzt mit dem General in der Kommando-Kantine, es ist 14.00 Uhr. Die eilig einberufene Pressekonferenz ist soeben vorüber. Der General, wie immer nach solchen Ereignissen, aufgekratzt und gleichzeitig entspannt, das Barett so keck auf dem Kopf als wären's die aufgesetzten Ohren eines Playboy-bunnies, macht sich beschwingt über seine doppelte Portion Tiramisu her. Ibele begnügt sich mit einer Minestrone, die ist allerdings vorzüglich, mit Schmetterlingsnudeln, das mag er, und der Parmesan ist ein echter Parmigiano. Es hat sich wirklich gelohnt, die Kantine an den italienischen Slow-food-Guru zu verpachten! Nach dem Essen wird sich Ibele noch eine Fenchelsalami vom Wildschein einpacken lassen, die verkauft der Giuseppe in seiner kleinen Osteria, wie die Kantine seit neuestem heißt, nebenbei. So was muss man einfach immer zuhause haben!

»Jetzt tust mir halt schauen, dass ihr den Kerl erwischt, gelt Ibele. Das ist ja grauenhaft, was der anrichtet. Hast eh gehört, was die Reporter für Fragen stellen! Ob das jetzt das neue Bauernsterben ist! Und mein rotarischer Freund, der Käse-Strassen-Obmann, hat mich auch schon angerufen: Wie soll man da Genusstage verkaufen, fragt er sich, wenn einem das Personal abgeschlachtet wird? Er hat eh recht, der Hans-Peter!«

Ibeles Handy läutet. Das Fräulein Hagen, sie hat einen externen Anruf für den Herrn Inspektor, ein Herr Casapiccola, nein, keine Pizzeria, ein Herr, Bert Casapiccola aus Hard. Sie solle durchstellen. Ibele liebt es ganz und gar nicht, beim Essen gestört zu werden.

»Hallo, Inspektor Ibele.«

»Grüß Gott, Herr Inspektor, Casapiccola am Apparat, ich rufe an wegen der Mordgeschichte im Wald. Ich habe vorhin die Mittags-Landesrundschau im Radio gehört. Bis vor einem Jahr war ich bei der Alma als Quality-Manager tätig. Ich kenne den Lässer Kurt seit langem und der Jäger Ignaz war für ein paar Monate sogar mein Assistent. Ich habe das Gefühl, es könnte da möglicherweise einen Zusammenhang zwischen den beiden Mordopfern geben.«

»Würden Sie mir das bitte etwas genauer erklären, Herr Casapiccola.« Ibele hat seine Minestrone schon vergessen. Das ist doch genau die Richtung, in die seine Vermutungen gelaufen sind!

»Da tu ich mir im Moment ein bisschen schwer, ich bin eben in einer Besprechung und wollte es nur nicht versäumen, mich bei Ihnen zu melden. Die Geschichte scheint ja ziemlich heiß zu sein.«

»Herr Casapiccola, können Sie nicht vielleicht bei uns vorbeikommen? Was sie andeuten, kann unter Umständen sehr wichtig für die Ermittlungen sein. Ich würde Ihnen gerne ein paar Fragen dazu stellen. Wenn es nämlich so ist, wie Sie vermuten, müssen wir unbedingt wissen, was es zwischen den beiden Verbindendes gibt, bevor der Mörder womöglich noch einem dritten Opfer den Schädel auseinanderhaut!«

»Ich bin derzeit im Oberland unterwegs, aber so gegen 16.00 Uhr könnte ich bei Ihnen sein.«

»O.k., das geht in Ordnung. Ich erwarte Sie! Und vielen Dank für Ihren Anruf!«

Casapiccola? Da war doch einmal etwas? Ibele grübelt und grübelt, aber vorerst ohne Erfolg.

In wenigen Worten schildert er dem General die Neuigkeiten. Die Minestrone ist mittlerweile wirklich kalt geworden, aber immer noch verdammt gut. Sie erinnert ihn außerdem an die Gurkenkaltschale, die er dem Rösle schon lange versprochen hat. Ibele bestellt einen Espresso, da taucht Albrecht in der Kantine auf, mit ungewohnt fahrigen Bewegungen und hochrotem Kopf.

»Herr Inspektor, ich muss Ihnen etwas erzählen.«

»Setz dich daher und schieß los!« Ibele weist ihm den Stuhl des Generals zu, der soeben hektisch zum nächsten Termin geeilt ist.

»Die scheinen ja alle nach dem Sandmännchen ins Bett zu gehen, die Vorderwälder. Tote Hose rundum. Aber dann: Ein gewisser Lipburger, der direkte Nachbar des Metzler, also in dem Haus vor seinem, näher der Straße zu, hat ihn gestern Nacht gesehen. Es muss kurz vor Mitternacht gewesen sein, sagt er, vielleicht eine Viertelstunde oder zehn Minuten. Übrigens ist er ein Onkel des ermordeten Jäger und auf den Metzler nicht gut zu sprechen. Der Metzler ist kurz vor zwölf quer über die frisch gemähte Wiese zum Käsekeller hinuntergegangen. Barfuß. Obwohl dort alles dunkel war und auch die ganze Zeit über geblieben ist, war er gut eine Viertelstunde drin. Dann ist er über die Wiese wieder zurück gegangen. Da hat seine Stubenuhr, die des Nachbarn, viertel nach zwölf geschlagen. Beim Metzler, hat er mir erzählt, hat dann noch eine Weile Licht gebrannt, bis gegen halb zwei, im Wohnzimmer und im Bad. Und der Metzler hat einen Rucksack umhängen gehabt bei seinem nächtlichen Spaziergang, sagt der Lipburger. Was da wohl drin war? Käse vielleicht? Oder eine Axt? Im Käsekeller selbst gibt es nichts wirklich Mordtaugliches. Die haben nur die großen Messer, mit denen sie den Käse schneiden. Die sind zwar scharf und die Klinge breit, aber zuhauen kannst du mit denen nicht. Der Mörder hat sein Instrument wohl mitgebracht. Vielleicht in einem Rucksack?« Albrecht ist zufrieden mit seiner Recherche. Ibele bestellt ihm eine Tasse Kaffee und ordert noch einen Mokka, den er dem Fräulein Hagen mitbringt: Man meint's ja gut, oder?

Wenn jetzt nicht bald der Bericht der Spurensicherer mit eindeutigen Ergebnissen eintrifft, ist der Metzler fällig. Bleibt noch die Frage, wo er beim Lässer-Mord war und was er dort verloren gehabt haben könnte.

Ibele überreicht dem Fräulein Hagen ihren Espresso, was sie mit ungläubigem Staunen, einem leichten Anflug zarter Röte auf den Wangen und einem filmreif gehauchten Dankeschön quittiert. Im Gegenzug händigt sie ihm den Jäger-Autopsiebericht aus. Die Tatwaffe ist mit 99-prozentiger Sicherheit identisch mit der beim Lässer-Mord. Wie sonst wäre es zu erklären, dass sich am Kopf des Jäger Spuren von Lässers Blut befinden? Das heißt mit ebenso großer Wahrscheinlichkeit, dass wir es mit demselben Täter zu tun haben. Schuhabdrücke bestätigen das zusätzlich. Und niemand war barfuss am Tatort, auch nicht in Hölzlern. Niemand. Der Metzler kann also wohl weiterhin seine Schimmeltierchen züchten. Was aber hat dann sein nächtlicher Spaziergang zu bedeuten? Die Beantwortung dieser Frage überlässt Ibele anderen.

»Der Herr Lässer junior hat übrigens vor einer Stunde angerufen.« Als wäre der irgendein beliebiger Bodenwachslieferant erwähnt die Hagen das ganz nebenher, als sie, sich mit einer Art Hofknicks bedankend, Ibele das leere Mokkatässchen auf den Schreibtisch stellt. Ja, und? Mein Gott, warum muss man diesem Kind immer jedes Wort einzeln aus dem Näslein ziehen? Was ist das nur für ein kopfloses Ding! Sein ungewollter, feinsinniger Scherz heitert Ibele etwas auf. Antoinette Hagen buchstabiert mühsam ihre fast unleserlichen Notizen von einem kleinen Zettelchen ab. Wie hat doch ihre Vorgängerin dem Inspektor immer wieder fein säuberlich stenographierte Gesprächsprotokolle vorgelegt! Die beiden letzten Stenographiekundigen im Kommando! Ibele ist das Gestammel jetzt zu dumm, er lässt sich mit Lässer junior verbinden. Der erzählt bereitwillig: Es gibt kein Testament, aber ein Sparbuch über fünfzigtausend Euro, ein Einmalerlag vom 12. September 2007. Sonst nichts. Fast nichts: Nur 25 vollständige und in käserindenbraunes Leinen gebundene Jahrgänge der Monats-Zeitschrift »Der Käsefreund«, eine Franz-Michael-Felder-Ausgabe in vier Bänden (Max Hesses Verlag, Leipzig 1910, die werde er einem Bouquiniste au bord de la Seine andrehen, sagt er und freut sich schon im voraus über das Geschäft) und eine Kiste mit einer Jasskartensammlung, mehr als fünfhundert verschiedene Spiele. Das Sparbuch liegt inzwischen beim Notar Dr. Sutterlüty, das Begräbnis findet morgen statt und ob man ihn noch brauche? Nein, sagt Ibele, au revoir Monsieur, bonjour à Georgette und bon voyage.

Kurz vor 16.30 Uhr biegt eine große wimpelgeschmückte Harley-Davidson in den Hof des Kommandos ein. Ein tolles Gerät, chromblitzend, weiß bereift, wie in den amerikanischen Filmen, in denen aus dem Ei gepellte Polizisten mit Sonnenbrillen und großkalibrigen Colts am Gürtel damit herumkurven. Der Typ, der sich mit jugendlichem Elan vom Sattel schwingt, kommt Ibele sofort bekannt vor. Warum nur? Woher? Als er den Helm abnimmt, kommt ein freundliches Gesicht zum Vorschein und ein rundlicher Kopf mit dichtem schwarzem Haar. Casapiccola? Bert Casapiccola ... Aber ja, das muss er sein, der Bert aus der Hauptschule! Sein Vater war doch schon in der Alma gewesen und der Bert hatte dort immer seine Ferialjobs bekommen. Einmal tauchte er dann nach den Sommerferien mit ganz kurz geschorenen Haaren, mit einer Mecki-Frisur, auf, damals, im anbrechenden Wassermann- und *Hair*-Zeitalter, ein Stigma erster Kategorie, Hippies waren in und jeder wäre gern ein *Beatle* gewesen. Er sei in den Käse gefallen, hatte Bert behauptet. Der Witz des Jahres: In den Käse gefallen! Das war die schrägste Ausrede, die man je gehört hatte und natürlich hat ihm niemand geglaubt. Er hat halt die Haare schneiden lassen müssen, weil's der autoritäre Vater so wollte! Der Casapiccola! Ibele geht ihm entgegen und wird zu seinem eigenen Erstaunen ebenfalls sofort wiedererkannt: Ja Ibele! Isidor! Du! Ein Kriminaler! Nach fast vierzig Jahren! Spontan umarmen sich die beiden. Spüren sie, dass sie von je her mehr verbindet, als sie wissen? In Ibeles Büro trinken sie Kaffee – aus der Osteria – und Mineralwasser, nein, einen Gspritzten kann er ihm leider nicht anbieten, bedauert Ibele, Alkohol im Dienst usw., aber man müsse sich bald einmal zuhause auf eine gute Flasche treffen.

Dann erzählt Casapiccola detailreich und mit zahllosen Abschweifungen in die gemeinsame Schulzeit die Geschichte der Lässer-Jäger-Verschwörung.

»Vor ungefähr zwei Jahren, es muss im Frühling 2007 gewesen sein, haben sich meine Beziehungen zu Jäger definitiv verschlechtert. Er war damals noch mein Assistent, hat grad sein Studium abgeschlossen gehabt. Das ist ihm leider ein wenig in den Kopf gestiegen. Es war kurz bevor er ganz zum Rapp gewechselt ist. Es gab da ein paar unfeine Geschichten und ich habe mir angewöhnt, dem Bürschchen ein bisschen genauer auf die Finger zu schauen. Eines Tages bin ich im Keller der Alma zufällig Zeuge eines Gesprächs zwischen Jäger und Lässer geworden. Es war ein Dritter bei ihnen, aber den habe ich nicht gesehen und auch an der Stimme nicht erkannt. Vom Dialekt her war es aber – soweit ich das beurteilen kann – eindeutig ein Bregenzerwälder, ein Vorderwälder. Es ist da um Alma-Anteile gegangen. Die wollten sie am Rapp vorbei jemandem andrehen. Es war von einem Sepp die Rede, dem sie sein überflüssiges Geld abnehmen wollten. Ich habe die Sache bald aus den Augen verloren und der Jäger war dann ja gleich einmal weg. Es ist leider ein bisschen drunter und drüber gegangen bei uns mit dieser Rapp-Übernahme. Jetzt frage ich mich, ob sich der Geprellte vielleicht das Geld zurückgeholt hat? Ich sag' es ja immer: Du triffst jeden Menschen ein zweites Mal im Leben!« Der Casapiccola, ein Philosoph?, fragt sich Ibele belustigt.

»Wie kann ich mir das mit diesen Anteilen vorstellen?« Wenn es um Geld geht, hört der Inspektor genau hin. Nicht weil er viel Wert drauf legt. Aber er weiß, wie sehr es imstande ist, den Menschen etwas vorzugaukeln, Illusionen zu erzeugen, sie an der Nase herumzuführen und die Bestie in ihnen zu wecken. Das Geld ist wie das Auto und das Militär, hat er einmal einen sagen hören: Es macht die Guten nicht besser und die Dummen noch dümmer.

»Die Alma als Genossenschaft hat ja großteils den Mitarbeitern gehört. Die haben sich ursprünglich eingekauft und wurden später auch im Rahmen ihrer Verträge beteiligt. So ähnlich wie es da und dort mit Aktien geschieht. Der Rapp hat dann alle diese Anteile gekauft. Allerdings war es bis zuletzt nicht klar, zu welchem Preis das geschehen wird. Das heißt, es war schon klar, aber nur für eine Handvoll von Alma-Funktionären und für das Rapp-Management. Zu diesen wenigen haben sicher der Lässer und der Jäger gehört. Für sie war es nicht schwer, ihre Anteile vor dem Verkauf noch schnell zu überhöhten Preisen abzustoßen. Zutrauen tu ich es ihnen. Wenn sie nur einen Dummen gefunden haben. Dabei kann es leicht um ein paar Zehntausend Euro für jeden gegangen sein.«

»Du hast keine Ahnung, wer der Dritte gewesen sein könnte, oder dieser Sepp?«

»Nein, es gab viele, die beispielsweise über den Alpbesitz der Eltern Anteile besessen haben und mit der Alma selbst so gut wie nichts zu tun hatten. Ich kann mir gut vorstellen, dass es jemand war, der nicht im Haus gearbeitet hat. Es ist sogar wahrscheinlich, sonst hätte ich ihn an der Stimme erkannt. Und der Sepp? Für den gilt wohl dasselbe. Irgendein armer Teufel, der noch immer geglaubt hat, die Alma sei so etwas wie der gute und sagenhaft reiche Onkel des Bregenzerwaldes, dem man alles anvertrauen kann, nicht nur die Milch der Kühe. Sie ist ihm ordentlich sauer geworden, die Milch der frommen Denkungsart. Und wenn einem das geschieht, dann wird mancher schnell zum ungeselligsten, unangenehmsten und gehässigsten Köter, der je über die Almweiden gewandelt ist.«

»Du bist ja ein Poet, Bert!«, wundert sich Ibele.

»Nein, aber in manchem ein Marxist.« Ibele wundert sich noch mehr.

Als sie sich nach mehr als einer Stunde mit vielen Versprechungen und endlosem Händeschütteln und Schulterklopfen trennen, hat Ibele ein euphorisches Gefühl und zugleich ein mulmiges. Er verabschiedet sich von einem Freund und ist einem Mörder dicht auf den Fersen! Was für ein Nachmittag! Wir suchen also jetzt einen dritten Todeskandidaten und einen Mörder, oder? Na bravo!

Wie soll er den Dritten finden? Seine beiden Spießgesellen sind tot, die erzählen nichts mehr. Man wird sich morgen früh die Entourage des Jäger genauer anschauen müssen, allerdings ohne Metzler. Da könnte es Freunde geben, auch solche, die zu Feinden geworden sind! Ist der fehlende Dritte vielleicht gar der Mörder? Was er bis jetzt von diesem Jäger weiß, gefällt Ibele gar nicht. Der Cabrio-Kauf vor zwei Jahren – wer kauft schon ein Cabrio im Herbst? Und der Preis für das Boxter-Modell entspricht ziemlich genau der Sparbucheinlage des Lässer, wenn sich Ibele richtig an die Angaben seines Schwagers erinnert, der sich vor Jahren auch so ein Gefährt geleistet hat. 17.50 Uhr, es müsste sich noch ausgehen: Ibele wählt die Nummer der Porsche-Landesvertretung. Einen Boxter? Im Herbst nullsieben? Ja, richtig: Franz Ignaz Lässer, ein Boxter S Vorführmodell, für etwas über 60.000 Euro. Gut 5.000 Euro hat man ihm für seinen eh schon fast schrottreifen gebrauchten Golf abgezogen, aber wenn einer bar bezahlt? Danke, mehr muss der Inspektor nicht wissen. Es gelingt Ibele einfach nicht, eine besonders positive Beziehung zu den beiden Getöteten aufzubauen. Außerdem war Jäger ein Alma-Rapp-Insider wie kaum ein anderer: Der wird schon gewusst haben, wie man die Alma-Anteile gewinnbringend versilbert, oder?

Wenn in den nächsten fünf Minuten, sagt sich Ibele, während ich den Schreibtisch aufräume und mir ein paar Notizen für den Mittwoch mache, das Telefon nicht läutet, dann ist Feierabend. Die fünf Minuten sind allerdings eine zuviel: Der Hammerer wurde festgenommen! Oh, Hammerer, der Pfingstguntenknecht! Den hat Ibele beinahe vergessen, oder doch schon gestrichen aus seiner Liste. So einer wie der wartet einfach nicht zehn Jahre mit seiner Rache und er versteckt sich danach nicht tagelang! Ausgerechnet einer Streife der Militärpolizei ist er in die Hände gelaufen. Eine große Bundesheerübung im Bregenzerwald ist ihm zum Verhängnis geworden. Man übt zwar nur Kommando- und Versorgungsabläufe. Typisch, sagt sich Ibele, kommandieren, fressen und in der Gegend herumspazieren, nur nicht kämpfen! Aber gegen wen auch! … Typen, die Offiziere anstänkern und besoffen um die Zelte und (leeren!) Munitionskisten herumschleichen, sind trotzdem überflüssig. Der Hammerer! Bis vor kurzem noch ein brauchbarer Hauptverdächtiger, zumindest nach der buchstäblich sagenumwobenen Albrechtschen Kriminalpsychologie. Für Ibele war Hammerer von vornherein kein wirklich ernstzunehmender Kandidat. Und jetzt ist er gerade gut genug, um ihm seinen Feierabend zu versauen. Den Dienstag noch dazu: Das ist der einzige Abend der Woche, den Ibele seit Jahren fix vergeben hat. Da spielt er nämlich im Polizeisportverein Badminton. Und seit sie vor ein paar Monaten angefangen haben, auch ihre Frauen mitspielen zu lassen, ist das ganze erst richtig spannend geworden! Heute also nicht. Der Hammerer ist schon unterwegs ins Kommando.

Die Zeit bis zu seiner Ankunft verbringt Ibele in der Osteria. Da gönnt er sich zwei Portionen von Giuseppes Suspirelli und dazu zwei Espressi, dienstliche sozusagen. Deswegen jedoch nicht weniger köstlich. Als er dann dem Hammerer gegenübersitzt, bereut er es doppelt, keinen Grappa getrunken zu haben. Was ist das für ein unappetitlicher Kerl! Und das durch und durch: Ungewaschen, ungepflegt, unrasiert, ungekämmt, unleidlich – unmöglich. Herauszubringen ist aus dem verstockten Menschen auch rein gar nichts. Ibele hätte gerne etwas über sein Werkzeug erfahren, über seine Äxte. Er muss sich bis morgen früh gedulden. Dafür nun lässt man seinen Sportabend sausen! Ibele schickt ihn für eine Nacht in die Zelle. Morgen kann sich vielleicht der Albrecht um ihn und seine Geschichten kümmern.

Isidor Ibele spaziert nachdenklich durch die laue Sommernacht heimwärts. Im Haus ist alles ruhig – und sämtliche Räume erstrahlen in festlicher Beleuchtung. Das ist eine von Rösles Eigenheiten: aber nicht etwa um gefährliche Einbrecher abzuschrecken. Wozu hat man einen Inspektor im Haus! Nein, es schaut einfach besser aus, falls jemand vorbeispaziert oder so, findet sie. Sei's drum! Das Rösle ist noch nicht zurück vom Badminton-Spiel. Ibele duscht kalt und setzt sich in die wie immer mustergültig aufgeräumte Küche. Ein paar Scheiben von der Fenchelsalami, ein Stück Ziegenkäse aus Schwarzenberg, Brot vom Stübe, eiskaltes Bier, der nachgeholte Grappa. Mit roten Backen stürmt bald darauf das Rösle zur Tür herein und erzählt begeistert von Harrys Wahnsinnsspiel. Ausgerechnet Harry! Der war schon früher ein Streber. Und jetzt muss sich Isidor unbedingt vorstellen, was der Harry für Shuttles schlägt:

»Und seine Smashs, Drops, Kills! Sogar der China-Sprung funktioniert jetzt endlich! Und Shuttles, sage ich Dir!«

»Shuttles?«

»Ja Schatz, die Bälle, Shuttles eben!«

Das hat dem Inspektor gerade noch gefehlt: Hinter dem Harry herzuhinken! Übergangslos jedoch schwenkt das Rösle vom sportlichen Spiel zurück in ihre ureigene Domäne, zum morgigen Speiseplan, und der versöhnt ihren Isidor augenblicklich mit sich und der Welt: ein Beuschel kommt morgen auf den Tisch – und dann ist dem armen Lämmlein endlich alle Ehre widerfahren, die ihm gebührt.

Fast schon selig entschlummert Ibele bald darauf eng an seine Frau geschmiegt und segelt sanft hinüber in eine Traumwelt aus Käselaiben, Äxten, italienischen Desserts, einer k.u.k. Uniformmodenschau, sattgrünen Wiesen und französischen Provinzstädtchen samt ihrem Duft von frischem Brot. Zu guter Letzt verschwinden gegen Morgen alle diese Bilder in einem dichten Nebel und ein stummes, regloses, graues Meer, an der Oberfläche glatt wie gewelltes Blei, breitet sich aus. Schwärme rastloser grauer Vögel flitzen unstet und flach übers Wasser. Ein Schiff ohne Flagge treibt auf einen kleinen abgelegenen Hafen am Ende der Welt zu. Bei näherer Betrachtung ist es ein sehr großes und einst sehr schönes Schiff. In vom herabrinnenden Rost zerfressenen Buchstaben ist der Name zu lesen: San Dominick. Ibele sieht sich, in eine fremdartige Kapitänsuniform gekleidet, über die Schiffsflanke hinaufsteigen. An Bord aber herrscht gähnende Leere. Oder fast. Ein paar zerlumpte schwarze Gestalten schleppen sich mit letzter Kraft auf den Fremden zu. Weit und breit kein Kapitän, keine Offiziere, die Segel hängen in Fetzen an den Masten. Schwach zeichnet sich hinter den Nebelschwaden der Umriss der Sonne ab. Ibele erwacht und blinzelt in einen hellen Morgen. Die Segel in Fetzen? Dieses Bild nimmt er aus dem Traum mit ins Wachsein und es lässt ihn wie elektrisiert aus dem Bett springen. In Fetzen? In Fetzen?? Der Fetz! Den Fetz muss er fragen!

Alma mater culinaria

Der Fetz! Ob er etwa mehr zu bieten hat als seine untergegangene Liebe zur Älplerkost und deplazierte Klassiker-Zitate? Ibeles erste Amtshandlung an diesem Tag gilt einem Anruf auf Fetz' Mobiltelefon. Es ist 8.05 Uhr.

»Hier Albert Fetz, guten Morgen?«

»Guten Morgen, Herr Fetz, Inspektor Ibele, wir sind uns auf Pfingstgunten begegnet, Sie erinnern sich?«

»Und ob ich mich erinnere … Gut, dass ich schon gefrühstückt habe!«

»Herr Fetz, es ist noch früh am Tag, ich weiß, aber kann ich Ihnen ein paar Fragen stellen?«

»Oh, bei uns im Lecknertal geht die Sonne früh auf, schießen Sie los, Herr Inspektor!« Lecknertal? wundert sich Ibele, haust der Herr denn nicht am Bodensee?

»Herr Fetz, Sie waren doch öfter auf Pfingstgunten zum Essen. Ist Ihnen da vielleicht irgendwann etwas aufgefallen? Es geht besonders um den Sommer vor zwei Jahren.«

»Vor zwei Jahren! Also 2007. Moment mal, Inspektor. Das war ein heißer Sommer und ich habe damals viel Zeit auf meiner eigenen Alp verbracht, im Lecknertal, so eine Art Alterssitz, wissen Sie, ein Steckenpferd. Eine halb verfallene Hütte, die ich mit meinem Bruder instand setze, das ist verdammt viel Arbeit. Ich war also nicht oft unterwegs. Aber lassen Sie mich nachdenken.«

»Sind Sie denn immer mit Ihrer Frau zu ihm hinauf? Vielleicht erinnert sie sich. Sie scheint ja eine gute Beobachterin zu sein. Oder sind Sie auf andere Besucher getroffen auf Pfingstgunten?«

»Der Lässer war meist allein, wenn ich zu ihm gekommen bin; die Knechte und Pfister haben's nie lange ausgehalten auf Pfingstgunten. Besuch? Gar so gastfreundlich war der Kerl im Allgemeinen nicht. Mmh ...«

»Überlegen Sie, Herr Fetz. Es müssten nach unseren Ermittlungen mindestens zwei Männer bei ihm gewesen sein, vielleicht sogar drei. Die Alpe wäre ja doch ein idealer Ort gewesen für ein geheimes Treffen von ein paar Gaunern. Und darum geht es leider.«

»Ja, Herr Inspektor, da war etwas Eigenartiges, eher früh im 2007er Alpsommer, vielleicht Ende Juni, Anfang Juli? Da saß eines Tages eine Viererrunde beisammen auf Pfingstgunten am Tisch, ja genau an dem, den der Mörder auseinandergeschlagen hat: Der Lässer, dann so ein junger Schnösel, ein ziemlicher Wichtigtuer, dazu ein Dritter, seinen Namen kenne ich nicht, soweit ich mich erinnere ist er Postchauffeur aus Hittisau, und am Tischende dann noch so ein Gnom, ein kleines Männlein mit einem Tirolerhut. Als ich dazugekommen bin, haben sie sich irgendwie seltsam benommen, alle vier, als hätten sie mich am liebsten weggeschickt ... Keine Ahnung, was da gelaufen ist. Aber es geht mich ja auch nichts an.«

»Herr Fetz, einen Tirolerhut sagen Sie? So einen wie ihn Ihre Frau gesehen hat an der Seilbahnstation? Und haben Sie gestern nicht in die Zeitung geschaut: Da finden Sie ein Foto vom Mordopfer aus Lingenau, dem Jäger ...«

»Moment, ich schaue gleich nach, die Zeitung liegt im Auto, ungelesen, man kommt ja zu nichts in der Pension, wissen's eh!« Woher bitte soll Ibele das wissen? ...

»Ja, Herr Inspektor, das ist der junge Angeber. Oh, ist der jetzt auch tot? Na so was!«

Das heißt, resümiert Ibele, wir brauchen einen Postchauffeur mit Alma-Vergangenheit. Ibele schwört sich, einen Besen zu verspeisen, wenn der nicht eine ganze Stange von verschollenen Alma-Anteilen sein eigen genannt hat. Ibele verabschiedet sich höflich von Fetz. Sein Traum von der San Dominick hat ihn auf eine gute Fährte gebracht, denkt er sich. Ja, die Träume der Menschen sind wesentlich aufschlussreicher als ihre Geheimnisse, je absurder, desto aufschlussreicher das hat ihn ein echter Philosoph gelehrt.

»Albrecht!«

»Guten Morgen, Herr Chefinspektor!« *Chefinspektor?* Wenn Albrecht so anfängt, drückt ihn meist der Schuh. Er soll jetzt ja nicht mit dieser Rafreider daherkommen!

»Guten Morgen, Albrecht, was gibt's denn?«

»Herr Chef, ich weiß, es ist nicht ganz so günstig, aber ich ... könnte ich am Freitag ein bisschen Zeitausgleich nehmen? Ich kann meinen neuen Golf, den Golf R, abholen!«

»Den mit 240 PS?«

»270, Chef, 270, und ich kenn da einen, der ...!«

»Ist schon recht, so genau will ich das gar nicht wissen. Wenn wir bis Freitag den Killer mit der Axt finden, geht der Zeitausgleich in Ordnung, Albrecht!« Der Aspirant strahlt. »Wenn nur alles so leicht auszugleichen wäre bei Dir, Albrecht, wie die Überstunden! Aber jetzt an die Arbeit. Du fährst nach Hörbranz zum Rapp, gehst nochmals ins Personalbüro. Da muss es jemanden geben, einen Hittisauer vermutlich, der ist Postchauffeur und dürfte sich in den Listen mit den Alma-Genossenschaftern finden. Schau, ob du herausbringst, wer das ist, und versuch gleich etwas zu erfahren über seine Geschichte rund um die Rapp-Übernahme! Wenn du mich fragst, fehlen da wieder jede Menge Anteile!«

Albrecht saust davon, Ibele macht sich auf den Weg zum morgendlichen Generalsrapport. Im Vorzimmer sitzt Fräulein Hagen. Wenn es nach ihrem Outfit geht, steigt die Temperatur heute auf mindestens 45° Grad Celsius im Schatten. Sie nippt an einem Plastikbecher mit Kaffee: ihr Frühstück. Man wird den armen Tropf nächstens in die Osteria-Kantine einladen müssen und ihr nochmals einen richtigen italienischen Espresso spendieren!

Es vergeht keine Stunde und Ibeles Telefon läutet: Albrecht meldet sich diensteifrig. Der Mann heißt Eugen Fink und wie bei Lässer und Jäger fehlen Genossenschaftsanteile im Wert von mindestens vierzigtausend Euro, die er nicht eingelöst hat. Dafür sind sie auf einen anonymen Gesellschafter gestoßen, der in etwa so viele Anteile zurückgegeben, also eingelöst hat, wie bei Lässer, Jäger und Fink zusammen fehlen. Allerdings hat er dafür wesentlich weniger bekommen als sie ursprünglich einmal wert waren, vielleicht ein Viertel ...

Um sicherzugehen, dass Fink der Dritte im Bunde ist, besorgt sich Ibele ein Foto des Burschen, auch wenn das nicht so einfach ist. Ein Anruf unter seiner Heimatadresse bleibt erfolglos. Der Anruf bei seiner Frau bringt zutage, dass sie erstens seit längerem seine Ex-Frau ist und zweitens trotzdem weiß, dass er verreist ist, Urlaub genommen hat ein paar Tage, sie darf seine Katzen füttern einstweilen. Ein Foto hätte sie schon, aber kein Faxgerät und einscannen? Nein, leider, kein Scanner im Haus. Finks Dienststelle liefert schließlich das gewünschte Bild. Ibele muss es jetzt nur noch an Casapiccola weitermailen, der unverzüglich und mit großer Wahrscheinlichkeit in Fink wenn schon nicht den dritten Verschwörer, so doch eine markante und leicht anrüchige Gestalt aus der letzten Alma-Zeit erkennt. Fetz soll die Wahrscheinlichkeit zur Sicherheit machen. Wie kann Ibele dem Einsiedler in der wunderbaren Weltabgewandtheit des Lecknertals ein Mail zukommen lassen? Nach einigem telefonischem Hin und Her einigen sie sich darauf, dass das Mail mit Finks Foto in die *Alpenrose* am Taleingang geschickt wird, das ist für Fetz kein allzu weiter Weg und ein guter Ort für einen gepflegten kleinen Frühschoppen in garantiert autochthoner Gesellschaft. Es ist zehn Uhr vormittags und exakt die Zeit für des Generals monatliches Pressefrühstück, als Fetz via Telefon die Übereinstimmung bestätigt: Fink war der dritte Mann auf Pfingstgunten. Dann fehlt nur noch der vierte, der mit dem Sepplhut! Fink zu finden ist jetzt eine doppelte Notwendigkeit: Es gilt, den dritten Mord zu verhindern und von Fink die Identität des Mörders von Lässer und Jäger zu erfahren, um ihn der weltlichen Gerechtigkeit zuführen zu können.

Fink ist verreist. Aber wohin? Sein Mobiltelefon – die Nummer war das Äußerste, was die Exfrau hergeben durfte – bleibt stumm. Ein Anruf auf dem Gemeindeamt in Hittisau hilft weiter. Das Fräulein Pichler am Telefon, sehr freundlich und zuvorkommend! Zwar kennt Ibele vorerst nur ihre Stimme, aber so stellt er sich eine Sekretärin vor! Sie rät, es bei der Schwester des Fink zu versuchen, die führt eine kleine Modeboutique im Dorf. Eine Modeboutique auf dem Lande, auch kurios, aber warum nicht? Die Schwester wundert sich nicht spürbar über die kriminalpolizeiliche Nachfrage. Der Bruder? Keine Ahnung! Wenn er nicht zuhause ist und sein Telefon nicht abnimmt, dann ist er höchstwahrscheinlich in Schönenbach, er hat sich eine Vorsäßhütte gekauft. Ibele hakt fast schon instinktiv nach: Vor zwei Jahren? Ja genau, vor zwei Jahren. Dort verbringt er seitdem jede freie Minute, geht ins Holz oder sitzt beim *Zwölfender*, säuft und nervt alle mit seinem Geplapper, das von Glas zu Glas hirnrissiger und lauter wird.

Ibele beordert eine Streife nach Schönenbach. Ausgerechnet in dieser bilderbuchmäßigen Idylle soll die Geschichte, die so grausig angefangen hat, womöglich enden? Schönenbach ist eines der letzten Paradiese des Bregenzerwaldes, ein Residuum fast unverfälschter bäuerlicher Lebensart. Nicht umsonst klingt tiefe Wehmut und Heimatverbundenheit durch, wenn in einem beliebten Volkslied gesungen wird: »Dort träumte ich vom Schindeldach, zur Maienzeit in Schönenbach.« Mit wehmütigem Singen allerdings hat Ibele gegenwärtig nichts am Hut.

Eher könnte er wieder ins Grübeln kommen, denn es dauert lange, bis Nachrichten aus Schönenbach eintreffen: In seinem Haus ist Fink nicht, obwohl das Auto in der Garage parkiert, die Eingangstür offen steht und eine Kanne Kaffee warmgestellt ist. Gegen 22.00 Uhr finden die Kollegen den Fink endlich hinter einem Heustadel. Er hat also heute den *Zwölfender* gar nicht gebraucht, um sich zuzuschütten, und keine fünfhundert Meter vor seiner Hütte hat den Sturzbetrunkenen der Schlaf übermannt. Zu erfahren ist von dem heute nichts mehr! Wenigstens braucht man um das Leben des Herrn nicht zu fürchten, schon eher um seinen Verstand, obwohl ...! Zur Sicherheit bringt ihn die Streife nach Bregenz ins Kommando. Soll er bis morgen seinen Rausch ausschlafen. Dann wird ihm Ibele gehörig den Kopf waschen!

Von Waldläufern, Käsgrafen und Singvögeln

»Scheint alles verloren,
bleibt uns noch die Rettung des Bösen.«
(Joë Bousquet, *Journal*)

8.00 Uhr morgens. Fink wird aus der Haft, besser gesagt der Ausnüchterung, vorgeführt. Ibele empfängt ihn in seinem Büro, schwer lässt er die Tür hinter sich ins Schloss fallen. Er braucht jetzt keine Kiebitze. Fräulein Hagen goutiert das zwar nicht, es läuft ihrem leider etwas einseitigen Wissensdrang zuwider, aber damit wird sie leben müssen. Fink macht einen desolaten Eindruck, das heißt er befindet sich in einem fast schon bemitleidenswerten Zustand. Die angebotene Dusche hat er abgelehnt, ist wohl nicht gewohnt an solchen Luxus. Ibele sitzt an seinem Schreibtisch, Fink ihm gegenüber auf einem hölzernen Sessel, 1960er-Jahre-Inventar. Man hat das Kommando zwar neu gebaut vor ein paar Jahren, aber wer wird denn gleich die alten Möbel wegschmeißen? Der Staat spart vorbildlich. Zumindest dort, wo keine Medienleute hinkommen – oder keine Politiker. Lange mustert der Inspektor die unansehnliche, vierschrötige Gestalt vor ihm.

»So, Herr Fink, wie geht's uns heute?« Mit dem pseudo-jovialen *uns* täuscht Ibele eine keineswegs gegebene Gemeinsamkeit vor. Auch wenn Fink sich noch nicht im Klaren darüber ist, wie radikal es ihm gleich wirklich an den Kragen geht.

»Der Kopf tut halt ein bisschen weh und geschlafen habe ich hundsmiserabel in dem zugigen Loch da unten. Aber warum bin ich eigentlich hier? Wird man jetzt wegen jedem kleinen Rausch verhaftet? Und noch dazu von der Kripo? Da werdet ihr viel zu tun haben, hohoho!« Der lacht so grauenhaft wie Kater Carlo, und so humorlos!

»Nicht frech werden, Herr Fink! Soll ich Ihnen sagen, warum Sie hier sind?«

»Bitte gern, und gibt's da vielleicht einen Kaffee?«

»Kaffee gibt's dann bei der Mama, wenn der Bub brav war, hahahah!« Inspektor Ibele macht auf Guter Kumpel, auf Witzbold. *Paradoxe Intervention* nennen das die Psychologen, ein Ausdruck, der Ibele gefällt.

»Herr Fink, was verbindet sie mit Kurt Lässer und Ignaz Jäger?«

»Lässer und Jäger? Die beiden Ermordeten? Die kenne ich nicht einmal!«

»Herr Fink, wir wissen genau, dass Sie die beiden kennen, und nicht nur kennen: Sie haben mit den beiden eine ganz krumme Geschichte mit Alma-Anteilen organisiert, bei der irgendjemand gewaltig übers Ohr gehauen worden ist. Das ist noch keine zwei Jahre her. Oder haben Sie Ihre Vorsäß-Hütte mit dem Bausparvertrag gekauft? Das haben Sie nämlich nicht! Wir interessieren uns verdammt nochmal dafür, wo das Geld hergekommen ist! Und Sie wissen auch nicht, warum wir Sie in Schönenbach abgeholt haben?«

»Keine Ahnung!«

»Weil wir nicht wollten, dass noch ein Gauner mit gespaltenem Schädel aufwacht.«

»Was für ein Gauner? Was geht das mich an? Warum sollte ich?«

»Kruzifix Fink, du weißt haargenau, dass du der Gauner bist und warum du solltest. Und ich glaube, du solltest wirklich! Heilandderwelt Mann, sag uns, wen ihr da hereingelegt habt mit euren Alma-Anteilen!«

»Alma-Anteile? Die habe ich eingelöst, kannst gern nachfragen!«

»Wir haben nachgefragt, mein Herr, und es fehlen mehr als zwei Drittel. Wo sind die?«

»Mehr als zwei Drittel? Die muss ich verloren haben.« Fink macht ein derart saudummes Gesicht, dass Ibele der Geduldsfaden reißt. Er drückt einen kleinen Knopf unter dem Tisch und schon stehen zwei kräftige Beamte im Raum. »Abmarsch, der Herr möchte ein Weilchen nachdenken!« In zwei Stunden ist der Typ streichfähig wie der Schmelzkäse vom Rapp, Ibele kennt seine Pappenheimer.

Inspektor Ibele selbst bräuchte jetzt erst einmal Ruhe. Oder vielleicht eine Cellosuite, oder, weil ein Mittagessen weit und breit nicht in Sicht ist heute – dafür allerdings ein Rindsgulasch abends, eine von Rösles Spitzen-Kreationen! – wenigstens eine Leberkässemmel vom Rimmele, der letzten Metzgerei in der Stadt, die allerdings nicht nur deshalb die beste ist. Aber da kommt der General ins Büro, die neueste Ausgabe des »Vorarlbergboten« aufgeschlagen in der Hand vor sich hertragend. Der hat ja schon wieder eine andere Uniform an! Das ist nun zum dritten Mal an diesem noch jungen Vormittag, dass er sich umzieht. Der Mann tickt seltsam! Offensichtlich ist Kampf angesagt, denn er hat sich in eine Art Tarnanzug gekleidet – sehr sinnvoll, wenn der Kragen so von Gold glänzt, dass er auf zehn Kilometer leuchtet! Der General nickt irgendetwas oder irgendjemandem in der Zeitung heftig zu, holt soeben tief Luft und setzt zu einem gewichtigen Wort an. Oje, seufzt Ibele, der hat mir noch gefehlt, was hat er nun schon wieder gefunden?! Das Klingeln des Telefons bewahrt ihn fürs erste vor der Ansprache. Ibele macht eine um Geduld bittende Geste in Richtung seines Chefs und nimmt erleichtert den Hörer ab.

»Hallo? Hallo! Polizei? Hier ist der Gansl-Wirt in Bizau. Hallo! Hören Sie mich?« Mann, was hat denn der für einen Stress! »Ich rufe an wegen dem Axt-Mörder, das ist ja in der Zeitung heute, oder? Und man soll anrufen, wenn man etwas Auffälliges ... Also da sitzt so ein Typ bei mir, mit einem Sepplhut auf dem Grind, ein kleiner Stinker, schaut ziemlich ungeheuer aus. Ich hab' ihn aus der feinen Stube hinausgeschickt, weil wir grad alles herrichten fürs Mittagessen, und da sagt er zu mir, ich solle auf meinen Schädel aufpassen, den könnt' er mir sonst leicht einschlagen, das Werkzeug habe er schon dabei! Jetzt macht er sich grad davon, trampelt quer durch den Friedhof dorfauswärts ...«

Ibele weiß augenblicklich, was es geschlagen hat: dorfauswärts, das heißt Richtung Schönenbach. Das ist Ibeles Mann! Den General lässt er wortlos stehen, dem Fräulein Hagen, das sich soeben mit geschlossenen Augen eine walnussgroße schwarzrote Kirsche in den himbeerfarben geschminkten Mund schiebt, zischt er ein »Sie bleiben hier, bis ich wieder da bin!« zu, worauf sich die Kirsche unzerkaut den Weg in Antoinettes Magen bahnt und mit dem gezierten Getue der Dame für die nächste Viertelstunde gründlich aufräumt. Das Husten, Hecheln und Hilferufen aber hört Ibele nicht mehr. Der General hebt schüchtern den Zeigefinger in die Höhe, als säße er in der Schulbank. »Sie bleiben besser im Büro, Herr General, machen's Ihnen doch schön für die Pressekonferenz!« Viel Zeit, über seinen eventuell etwas zu respektlosen Ton dem hohen Herrn gegenüber zu sinnieren, bleibt Ibele nicht, er stürmt in Albrechts Büro:

»Wir schnappen uns den Seppl! Alarm, Albrecht, los, hol das Auto!« Dass er den Mörder Seppl nennt, fällt Ibele im Moment nicht einmal auf. Er nimmt den letzten Zug aus der Vormittags-Gauloise, schnappt sich seine Dienstwaffe und trifft in der Garage wieder auf Albrecht:

»Auf geht's nach Schönenbach, aber flott!« Es ist vielleicht ein Fehler, das so ausdrücklich zu betonen, aber Kruzifix und Herrgottzack: jetzt pressiert's. Albrecht montiert in bester Kojak-Manier das mobile Blaulicht auf das Wagendach und ab geht die Post. Ibele alarmiert die Kollegen aus Bezau, die in Finks Schönenbacher Hütte Stellung bezogen haben. Dann bleibt ihm auf seinem Beifahrersitz genug Zeit, um die Gedanken schweifen zu lassen. Er wird das bedrückende Gefühl nicht los, der ganze Aufwand hier werde zwar unzweifelhaft dazu führen, den gesuchten Mörder hinter Schloss und Riegel zu bringen, er gelte aber doch dem Falschen. Denn wer da mehr Dreck am Stecken hat, wie man hier so treffend sagt, Lässer,

Jäger und Fink oder der von ihnen Geprellte, das ist für Ibele eine klare Sache. Als sich kurz nach Alberschwende in einer langgezogenen Rechtskurve das weite und in allen Grüntönen prangende famose Landschafts-Panorama des Bregenzerwaldes unter dem strahlend blauen Sommerhimmel entfaltet, ist es nicht so sehr Albrechts letztlich erfolgreicher Versuch, den schleudernden Wagen unter Kontrolle zu halten, der Ibele zu einem jähen und selbst für seine Begriffe deftigen ›Kruzifix und Heilandderwelt, verdammte Scheiße, pass doch auf!‹ provoziert, als vielmehr eine Erkenntnis, die sich angesichts der zeitlosen Schönheit der Landschaft endlich zu fassbarer Klarheit formt. Sie werden sich jetzt gleich dieses schreckliche Männlein mitsamt seiner Axt schnappen, keine Frage, und der Gockel von General wird noch heute Nachmittag eine glanzvolle Pressekonferenz abhalten. Damit wird aber nicht die Welt von einem Monster befreit, wie es im reißerischen Jargon der Medien und des Generals heißen wird, vielmehr und im Gegenteil wird ein armer Teufel von der Welt erlöst!

Was für ein Segen, dass die Wälder überall ihre Ortsdurchfahrten zu halben Autobahnen ausgebaut haben! Wo das noch nicht geschehen ist, gibt es dafür die Möglichkeit, auf schneidigen Umfahrungen die vorgeschriebenen Höchstgeschwindigkeiten zu pulverisieren. Schon nähert man sich in halsbrecherischer Fahrt Bezau, gleich tauchen drüben die Baukräne auf. Wie Ibele von seinem Rösle weiß, wird dort das berühmte *Blütenschloss*, die gute alte Gams, in großem Stil zum Wellnesstempel umgebaut. Natürlich kommt der Hinweis auf den feschen Schuppen von Mathilde Hutter, die nach immer neuen Wegen sucht, mittels der ultimativen Tricks ihre gnadenlos verblassende Schönheit vor dem endgültigen Niedergang zu retten. Ibele will sein Rösle zum Hochzeitstag auf ein exklusives Wellness-Wochenende einladen, ein richtiges Kuschelwochenende in einer der neuen Top-Penthouse-Suiten, sündteuer natürlich, aber wahnsinnig aufregend! Mathilde in ihrer komischen Pfänder-Villa soll vor Neid so gelb werden wie Schneewittchens und Aschenputtels Stiefmütter samt Rumpelstilzchen & Co zusammen!

Schon treibt Albrecht den Dienstwagen gnadenlos an der Bizauer *Gans* vorbei, wo der Wirt mit hängenden Schultern vor der Tür steht, den Kopf schüttelt, dass ihm die Seehundschnurrbartenden um die Ohren fliegen und dem um die Schikane vor der Kirche driftenden Auto irgendetwas Unverständliches nachruft.

Am Ortsende eine haarnadelige Links-Rechts-Kurven-Kombination hinein ins enge Schönenbachertal. Dem auf einem dreibeinigen Schemel dösenden Alten an der Mautstelle fällt vor Schreck die erkaltete Pfeife aus dem Mund. Bevor er sich noch aufgerappelt hat, pfeift Albrecht schon um die übernächste Kurve, die enge Straße bergauf, hinein in den lichten Buchenwald, in dem verstreut da und dort riesige Findlinge liegen. Kurz bevor der Wald in die Schönenbacher Ebene übergeht, packt Ibele seinen Chauffeur plötzlich am Arm. Albrecht schreit laut auf vor Schmerz:

»Brems!«, befiehlt Ibele brüsk.

Albrecht bremst jäh ab und verlangsamt auf Schritttempo. Ibele starrt in den hellen Wald, als gälte es mit Laserblick die mächtigen, kerzengerade aufragenden alten Buchen zu fällen.

»Bleib stehen! Da ist er! Ich hol' ihn mir, schneid du ihm da vorne den Weg ab!«

In Sekundenschnelle stürmt er mit gezogener Pistole aus dem Wagen und springt mit drei weiten Sätzen durch das Bachbett des Bizauer Bachs. Jetzt erkennt auch Albrecht das in wildem Zickzack zwischen den Bäumen rennende Männlein, das heißt er sieht nichts als den steil aufragenden Sepplhut, der wie angewachsen auf dem kantigen Schädel sitzt. Ein paar hundert Meter weiter stellt Albrecht den Wagen hinter einer kleinen Brücke quer über den Forstweg, der in die Straße einmündet. Aus dem Wald ertönt Ibeles Geschrei, dann zerreißt ein Schuss die mittägliche Stille. Albrecht zieht seine Pistole aus dem Halfter und geht hinter dem Auto in Stellung: So hat er es in den *Straßen von San Francisco* gesehen und so machen sie's in Wien, schade nur, dass ihm hier kein alles verstehender Rex zur Seite steht. Noch ein Schuss, dessen Echo lange drüben in der Kanisfluhwand widerhallt. Dann nichts mehr. Nichts als Stille. Der Aspirant nimmt seinen zitternden Finger vom Abzug. Da kommt Ibele aus dem Wald heraus. Vor ihm trottet wie ein verirrtes Lämmlein das Männchen mit dem Sepplhut. Über Ibeles Schulter hängt eine abgewetzte alte Tasche.

»Los, Albrecht, fahr nach Schönenbach, hol die Bezauer Kollegen. Das Spiel ist aus. Um den da kümmere ich mich«, sagt Ibele fast liebevoll und zeigt auf den Gefangenen.

Wichtigtuerisch steckt Albrecht seine Pistole ein, mustert die Beute mit einem Gemisch aus Triumph und Staunen. Als gälte es, eine Rally-Sonderprüfung zu gewinnen, braust er los. Ibele deutet mit einer knappen Kopfbewegung auf einen mit Moos überwachsenen Stein, das Männlein setzt sich, Ibele lässt sich nicht weit von ihm auf einem gefällten Baumstamm nieder. Er öffnet den Reißverschluss der Tasche und schaut kurz hinein: Neben einer leeren Flasche Bier liegt wie erwartet die Axt. Die mächtige Klinge ist verschmiert von einer rötlichgelben Kruste, an der Haarbüschel kleben.

»Hast du das nicht anders regeln können?« Keine Antwort. »Wie heißt du eigentlich?« Ibeles Tonfall ist eines Beichtvaters würdig.

»Bechter«, krächzt es, ohne dass sich die blutleeren Lippen wahrnehmbar öffnen würden.

»Also, Bechter, was haben dir denn die drei getan, dass du so mit ihnen hast abfahren müssen?« Das ist das *du* des Menschenfreunds Ibele, das *du*, das man sich erarbeiten muss.

»Die haben mich zum Narren gehalten, die Sauhund, die gemeinen.«

»Das war vor zwei Jahren, stimmt's? Du hast ihnen ihre Alma-Anteile abgekauft und dann vom Rapp einen Pappenstiel dafür bekommen, oder?«

Das Männlein hebt verwundert den Kopf. Bechter schaut Ibele direkt in die Augen. In seinen unbeseelten Blick kommt für einen Augenblick Leben.

»Ja, so war es. Ich habe sogar die Alp meiner Eltern im Mellental verkauft. Das hat meiner alten Mutter das Herz gebrochen. Mit dem, was mir der Rapp dann für die Anteile gegeben hat, hab ich sie grad beerdigen können. Diese Alp war unser Paradies. Jetzt ist sie weg. Alles ist weg.«

»Und deshalb haben die beiden sterben müssen?«

»Nein, nicht darum. Ich hätte ihnen ja den Quatsch nicht glauben müssen, hab mich halt von dem vielen Geld verführen lassen. Aber dann, vor einem halben Jahr ungefähr, haben sie es mit der Angst zu tun bekommen, ich könnte sie anzeigen. Da haben sie mir damit gedroht, mich beim Chef zu verpfeifen, mich um den Job und ins Armenhaus zu bringen.«

»Jetzt wäre noch der Fink drangekommen, oder?« Diese Frage stellt der Psychotherapeut in Ibele. Der Bechter soll sich das Herz erleichtern. Denn dass dieses Männlein den Herren Psychologen kein Sterbenswörtchen gönnen wird, ist für Ibele nur zu klar und verständlich.

»Ja, der Fink, das ist das ärgste Schwein!«

Ibele zieht seine Gauloises aus der Jacke, reicht eine dem Bechter, hält ihm das brennende Feuerzeug hin, zündet sich selbst eine an, nimmt einen tiefen Zug. Bechter, wie erschöpft von dem ungewohnt langen Gespräch, sitzt in sich zusammengesunken auf dem Stein, schlägt seine dünnen Beinchen übereinander, stützt seine Ellbogen auf die Knie, legt den schweren Kopf in die viel zu großen Hände, fixiert das glimmende Ende der Zigarette. Wieder treffen sich die Blicke der beiden Männer und über ihre Gesichter huscht für die Länge eines Wimpernschlags ein helles Lächeln. In der Mittagssonne leuchten goldene Harztropfen wie perlende Tränen an den grauen Buchenstämmen. Vögel zwitschern im dichten Geäst, der Bizauer Bach sprudelt glasklar und munter in seinem steinigen Bett. Nichts trübt die Idylle. Ibele sitzt reglos, die Zeit steht still, nur Bechter fährt sich ab und zu mit dem Ärmel seines löchrigen Pullovers über die Augen und schnieft. Selten hat Ibele in seiner langen Kriminalistenlaufbahn jemanden gesehen, der so mit sich im Reinen und zugleich so verloren in der Welt war.

Als gälte es, James Bond aus den Fängen einer so schönen wie falschen Geliebten zu retten, rast Albrecht um die Kurve und bremst das Auto mit quietschenden Reifen ab. Hinter ihm kommt der Bezauer Streifenwagen mit wenigen Zentimetern

Abstand gerade noch zum Stehen, die beiden Polizisten – soll man sie Land-Jäger nennen? – springen mit gezogener Waffe heraus. Ob des Anblicks, der sich ihnen bietet – zwei friedlich rauchende Männer – sinken ihre Arme wie Wünschelruten zu Boden. Ratlos stehen sie mit lächerlich weit gegrätschten Beinen da, den Lauf der beidhändig gehaltenen Pistolen sinnlos auf den Waldboden gerichtet.

»Ist schon gut!«, ruft ihnen Ibele zu, »Ihr könnt nach Hause fahren. Mission beendet.«

Die Männer stecken ihre Waffen ein, klopfen sich wichtigtuerisch imaginären Staub von den Ärmeln der Uniform, salutieren schlampig und verlassen die Lichtung kopfschüttelnd.

»Einsteigen, Herr Cäsar«, kommandiert Ibele. Er nimmt Bechter am Arm als wäre es sein alter Vater, bugsiert ihn sanft auf den Rücksitz, schließt vorsichtig die Tür, legt die Tasche mit der Axt behutsam in den Kofferraum, nimmt auf dem Beifahrersitz Platz. »Los, nach Hause jetzt, Albrecht, Feierabend. Und in Bizau bei der *Gans* bleibst du stehen.«

***

Der Parkplatz bei der Bizauer *Gans* ist gut gefüllt, noble Limousinen mit deutschen, englischen und helvetischen Kennzeichen parken im Schatten der Kastanien. Es ist ja Schubertiade-Zeit, ein internationales Publikum bevölkert wie jedes Jahr die Region. Ibele sprintet die Stufen zum Eingang hinauf, betritt das Restaurant. Fast alle Tische sind besetzt, draußen im Gastgarten ist kein Platz mehr frei. Gegenüber der Theke lehnt ein dickbäuchiger Kerl mit Zeus-Bart an der Wand, hält ein dreiviertel volles Glas Bier in der Hand. Soeben rauscht der Wirt mit einem hohen Stapel abgeräumter Teller um die Ecke.

»Wir haben nichts mehr frei, wie man sieht!«, raunt er dem Inspektor zu.

»Ich will auch keinen Platz, ich will mich nur bedanken«, versucht es Ibele höflich.

»Das ist schon besser«, mault der Lange, stellt seine Last ein paar Meter weiter laut klappernd ab und kommt mit hoch in die Stirn hinauf gezogenen Brauen auf Ibele zu. »Und worum geht's, mein Herr?« Immer noch klingt das eher nach einer Drohung als nach einer Einladung.

»Inspektor Ibele von der Kripo Bregenz. Sie haben uns heute angerufen wegen ...«

»Oha, die Kriminalpolizei, jetzt aber aufpassen!«, witzelt der Dicke vorlaut und trinkt Ibele augenzwinkernd zuprostend einen ordentlichen Schluck aus seinem Glas. Es scheint nicht das erste zu sein heute.

»Wir haben dank Ihres Anrufs den gesuchten Axt-Mörder erwischt, Herr Winkel.«

Der Wirt zieht um eine minimale Spur seinen schmallippigen Mund in die Breite, als wollte er sagen ›Ich habe es eh gewusst‹, bleibt aber stumm. Mit den Worten scheint er sich generell schwer zu tun; und vielleicht nicht einmal so sehr mit den Worten, als vielmehr überhaupt mit dem Reden. Wozu reden, wenn eh alles so kommt, wie es kommen muss, das heißt wie's die Gnädige anschafft?

»Holt jetzt bald jemand das blöde Filet, oder soll ich es selber servieren!«, keift es in diesem Augenblick wie zur Bestätigung der wahrhaft verwinkelten Winkelschen Mimik aus der schmalen Luke, die als Durchreiche in die Küche dient. Der Wirt hebt theatralisch übertreibend die Schultern, lässt sie gleich darauf betont resigniert noch tiefer fallen als sie für gewöhnlich schon hängen, verdreht die Augen in Richtung Küche, schnappt sich die Teller von der Theke, mustert seine Fracht leicht geringschätzig und verschwindet schlurfend wieder im Garten. Was da angerichtet ist, schaut allerdings sehr lecker aus, findet Ibele, das Rösle hätte seine Freude an dem liebevoll arrangierten und farbenfrohen Gemüse-Bouquet und sonstigen Gourmet-Schnickschnack rund um das knusprig gebratene Stück Fleisch!

»Komm lieber am Sonntagabend wieder, da ist er besser drauf!«, rät kumpelhaft der gesellige Bierfreund am Buffet. Das unverschämt knackige, rotbackige junge Ding hinter der Theke stimmt ihm mit einem etwas zu vorlauten kehligen Lachen zu, wobei ihre glockenapfelförmigen Brüste beinahe das schneeweiße Blüschen aus feinstem Leinen sprengen, in dem sie sich eher notdürftig, wie provisorisch und offensichtlich widerwillig haben unterbringen lassen.

»Ja, das ist eine gute Idee«, erwidert Ibele dankbar und ist fest entschlossen, am Sonntag wiederzukommen. Ist es nun der kulinarische Instinkt, verbunden mit Ibeles Liebe für sein Rösle, oder spielt etwa doch so nebenbei der tiefe Eindruck eine gewisse Rolle, den die herzliche Maid auf ihn macht? Worauf die Festigkeit des Entschlusses zur Sonntags-Einkehr tatsächlich beruht, geht in der unfreiwilligen Akrobatik-Einlage unter, mit der Ibele den Sturz über die etwas unmotiviert mitten im Lokal eingebaute Stufe gerade noch vermeidet.

Ibele steigt in den Dienstwagen, nicht ohne Albrecht vorher die noch immer montierte Blaulichtleuchte achselzuckend durchs offene Fenster zu reichen.

»Steck das ein und fahr los!« Im Rückspiegel sieht er Bechters zerfurchtes, schwarzblau verstoppeltes Gesicht mit der gelben Stirn unter dem verfilzten Hut. Bechter lehnt sich für einen Augenblick nach vorn, legt eine Hand auf die Lehne von Ibeles Sitz. Will er ihm etwas sagen? Doch gleich darauf sinkt er schweigend zurück und bleibt für den Rest der Fahrt stumm, schaut nur ständig zum Fenster hinaus. Als sähe er alles zum ersten Mal. Oder zum letzten Mal. Was, wenn man's genau nimmt, auf dasselbe hinausläuft. Weder Richter noch Anwalt noch sonst jemand, das ahnt Ibele und es freut ihn, wird aus diesem Männlein schlau werden, denn seine Schlauheit ist fast schon nicht mehr von dieser Welt. Jetzt weiß er auch, warum in den letzten Tagen immer wieder das Bild des alten Straßenkehrers aufgetaucht ist. Der war, wie Bechter, fertig mit der Welt: Nichts in ihr und fast alles ohne sie. Und wenn er an den Fink denkt, der ihn im Bregenzer Kommando erwartet, wird ihm heiß vor Zorn. Diesen Vogel werde ich verflucht nochmal zum Singen bringen, schwört er sich im Stillen und ballt unwillkürlich seine starke Bauernfaust. Heilandzack, Ibele, zeig's ihnen!

Ich danke meiner Frau Sabine;
für kritisch-konstruktive Lektüre meinem Lektor Gerhard,
für Beheimatung dem Bucher Verlag und seinen Menschen.

Herzlichen Dank für materielle und ideelle Unterstützung:

meinen Brüdern Reinhard und Wernfried
Gasthof Krone Hittisau
Land Vorarlberg Kulturabteilung
Regionalplanungsgemeinschaft Bregenzerwald
Stadt Dornbirn